NOUS ÉTIONS MERVEILLEUSES

Laure Rollier est auteure et caricaturiste et vit dans le sud-ouest de la France. Elle a remporté le Mazarine Book Day 2017 avec son roman *Hâte-toi de vivre*. Elle a publié auparavant sur Internet un premier roman, *Ce que tu ne sais pas*, qui a connu un beau succès.

*Paru au Livre de Poche :*

HÂTE-TOI DE VIVRE !

LAURE ROLLIER

# *Nous étions merveilleuses*

MAZARINE

Source des citations :
p. 9 : citation attribuée à William Shakespeare.
p. 227 : citation extraite de la chanson « Cielo Ciego ».
Paroles : Mélanie Prouteau/Jacqueline Sanchez/Florent Dasque/
Jean-Noël Dasque/Sylvain Duthu.
Musique : Eric Soulas/Florent Dasque/Jean-Noël Dasque/
Sylvain Duthu.

p. 230 : citation extraite de *L'Âme humaine sous le socialisme : 1891*,
Oscar Wilde, trad. d'Albert Savine, L'Herne, Paris, 2013.



ISBN : 978-2-253-07755-8 – 1re publication LGF

*À mon père*

*« La vie est un spectacle,*
*autant faire sa propre mise en scène. »*

William SHAKESPEARE

# Prologue

Durant des années, le silence m'a terriblement angoissée. Ne plus avoir aucun bruit autour de soi, c'est laisser nos pensées les plus profondes se manifester.

Mes pensées n'étaient pas belles, elles me terrifiaient, elles me consumaient à petit feu. Je n'avais pas compris que regarder devant soi ne signifie pas pour autant effacer le tableau et recommencer.

On ne peut pas réécrire son passé, et la seule façon d'aller de l'avant est de l'accepter.

Face à moi, l'immense miroir me renvoie l'image d'une femme qui vient de parcourir un chemin parsemé de tragédies. Je la détaille avec fierté, sans baisser les yeux vers les talons bien trop hauts sur lesquels je me tiens maladroitement.

En réajustant une mèche de cheveux derrière mes oreilles, je soupire longuement. À peine ai-je le temps d'une dernière pensée pour les filles que quelqu'un frappe à la porte.

— Noémie ? C'est à vous !

— J'arrive !

Avant de suivre la jeune femme, j'ose prendre une dernière seconde de silence. J'inspire et essaie d'occulter les applaudissements qui se font déjà entendre au fond du couloir. Puis je lève un œil vers le miroir et souris à mon reflet.

# PARIS - BREST

# Dix-huit mois plus tôt

# 1

*Paris*
*Jeudi 13 juillet 2017*

— « Faut-il le condamner avant que de l'entendre ? Hélas ! De tant d'horreurs son cœur déjà troublé doit-il de votre haine être encore accablé ? »

— « Quoi ? Madame, parmi tant de sujets de crainte, ce sont là les frayeurs dont vous êtes atteinte ? Un cruel[1]… »

Adrien stoppe sa tirade et me fixe bêtement. Il croit peut-être que son texte est inscrit sur mon front. Allez savoir.

— Ce n'est pas possible, j'ai encore un trou… finit-il par lâcher en baissant les épaules.

Je croise les bras, interdite, et me tourne vers la production.

— Coupez ! hurle Carl, le metteur en scène, avant de souffler bruyamment.

1. Jean Racine, *Iphigénie*, Le Livre de Poche, 1986.

Mon partenaire sort côté jardin tandis que je râle de ne même pas pouvoir terminer la scène. Une fois de plus.

— Bon, allez, merci à tous, fait Carl, dépité, on se retrouve lundi matin, huit heures précises.

Tandis que les autres acteurs et moi-même commençons à rejoindre les coulisses, il ajoute :

— Adrien, par pitié, ce week-end, insiste ! Acte III, scène 7, tu n'es absolument pas au point, mon grand.

Pas au point ? C'est le pire Achille que j'aie jamais vu !

Mon nouveau partenaire opine du chef sans sourciller. Une seconde plus tard, le metteur en scène s'adresse à moi :

— Noémie ! Je t'en supplie, arrête de froncer les sourcils chaque fois qu'il hésite. Lundi, je ne veux plus voir cette tête-là ! dit-il en m'imitant grossièrement.

— Ça tombe bien, je ne serai pas là lundi, je vous ai prévenu depuis quelques jours déjà. Je pars pour la semaine, vous ne vous en souvenez pas ?

Carl se masse les tempes puis me fusille des yeux.

— Et peut-on savoir ce qui est plus important que ma pièce ? Hein, Noémie ? Où vas-tu, d'abord ?

Non seulement il n'écoute jamais lorsqu'on lui parle mais, en plus, il me donne l'impression d'être revenue au début des années 2000 et de devoir demander l'autorisation à mon père pour partir avec mes copines. Je soutiens pourtant son regard :

— Vous le savez, Carl ! Je vais à Brest voir ma famille. Ma tante a des problèmes de santé.

Ce n'est pas tout à fait vrai, mais de toute façon je baladais aussi mon père à l'époque.

— Soit. Utilise donc cet événement personnel pour y puiser toute la complexité d'Iphigénie, m'explique le metteur en scène, les poings serrés.

Je dénoue mon chignon de déesse et lui mens sans l'once d'un remords.

— Je vous promets de travailler mon personnage, Carl.

— Allez, du vent, les petits ! À la semaine prochaine, ajoute-t-il avant de nous tourner le dos pour regagner son bureau.

Carl a toujours eu la fâcheuse habitude de s'adresser à l'ensemble de la troupe comme s'il était professeur de grande section de maternelle. Ventripotent et pas plus grand qu'un enfant de douze ans, il mène cependant ses acteurs à la baguette. Une habitude prise alors qu'il dirigeait brillamment l'Academic Arts à Londres dans les années 1980, avant de rejoindre le pays pour suivre une actrice qui l'a quitté depuis. Les petits nouveaux de la compagnie essaient souvent de les remettre à leur place, sa condescendance et lui. Je les regarde faire avec peine et nostalgie. Peine, car ils apprendront à s'y faire, personne n'a jamais réussi à le changer jusqu'à maintenant. Nostalgie, car je me revois, il y a douze ans, lorsque j'ai débarqué à Paris, pleine d'idéaux et de rêves de gloire.

Septembre 2005. J'avais vingt ans depuis quelques jours à peine. Après deux années passées sur les bancs de l'université de Brest, je venais de louper lamentablement ma licence de lettres classiques. Il faut dire que je n'allais jamais en cours et passais tout mon temps à courir les castings aux quatre coins du pays. À cette époque-là, ma mère s'arrachait les cheveux rien qu'à l'évocation de mon prénom.

— On n'en fera rien, Daniel ! répétait-elle à mon père lorsque je leur parlais de mon désir de devenir actrice.

— Poh…, répondait-il sans lever les yeux de son bol de soupe.

Ce qui avait le don de la rendre chèvre, ma mère.

Plus tard, j'ai compris qu'il ne s'en moquait pas, au contraire, il était à fond derrière moi. Sauf qu'il ne voulait pas entrer en conflit avec sa femme, qui pouvait se montrer pire encore que Hulk lorsque l'on n'était pas d'accord avec elle.

Un jour, la responsable d'une école de théâtre très réputée m'a appelée pour m'annoncer que j'étais acceptée pour la rentrée suivante. Après m'être assurée que ce n'était pas une mauvaise blague de la part des filles et avoir convaincu ma mère que je n'étais pas en train de me tirer une balle dans le pied, j'ai bouclé ma petite valise et j'ai atterri dans une colocation improbable dans le onzième arrondissement de Paris. Nous étions quatre ; trois filles et un garçon, dans un appartement à peine plus grand que ma chambre d'adolescente. On n'a pas pleuré tous les jours, je vous assure !

J'ai vécu avec eux presque deux ans avant d'avoir mon propre studio, rue du Chemin-Vert, à deux pas du cimetière du Père-Lachaise. Ce n'est pas un palace, mais je m'y sens bien, et je n'ai plus jamais eu à supporter les hurlements de mon colocataire les soirs de Ligue des champions.

Afin qu'ils me laissent partir, il m'a fallu promettre à mes parents de rentrer au moins deux week-ends par mois et de reprendre mes études à Brest l'année d'après, si jamais les choses ne marchaient pas pour moi. C'était il y a douze ans. Je ne suis jamais revenue.

À part le week-end, évidemment, sinon Hulk se serait arraché la chemise avant de venir me chercher par la peau des fesses.

À ce moment précis, vous vous dites que je suis une actrice reconnue qui tourne dix mois par an à Hollywood et vit une idylle secrète avec Bradley Cooper. J'aurais bien aimé, je ne vous le cache pas. Sauf que ma vie a pris une tournure différente.

Après une année intense à l'école Jean-Anouilh dans le quartier du Marais, j'ai intégré la Compagnie Laval dont je fais toujours partie aujourd'hui. Nous jouons principalement des classiques, avec parfois quelques mises en scène burlesques. Une récréation dans ma vie, le temps de quelques semaines. Plus le temps passe et plus je me demande ce que je fais encore là. J'ai envie de créer, d'innover, d'écrire même. La véritable question est de savoir si je suis capable d'élargir la palette.

Pourquoi rester alors que je préfère encore écouter le concierge me raconter ses dernières vacances dans le Lot-et-Garonne plutôt que de me rendre à la compagnie ? Parce que j'ai trente-deux ans et qu'à mon âge les opportunités de devenir la nouvelle tête d'affiche du Théâtre des Variétés fondent en rythme avec la banquise. Par habitude et par facilité aussi, certainement.

Et puis, il y a Antoine.

*

*Paris, rue du Chemin-Vert*
*Vendredi 14 juillet 2017*

— Noémie, je te préviens, si tu passes cette porte, ce n'est pas la peine de revenir !

Voilà Antoine. L'homme qui partage ma vie depuis plus de six ans. Nous nous sommes rencontrés sur une pièce, lui et moi. Il était Rodrigue et j'étais Chimène, cela ne s'invente pas. Il aura fallu attendre la fin des répétitions, soit plus de sept semaines, pour qu'il ose enfin m'inviter à boire un verre.

M'inviter, c'est vite dit, finalement. Alors que la première du *Cid* était prévue pour le lendemain, j'ai demandé à Antoine s'il fallait que je le menace de m'enfuir avec Don Sanche pour qu'enfin il se décide à m'offrir un café. Il a souri, a pris ma main et a rétorqué :

— Enfuyons-nous vite, ma dame, avant que le bruiteur ne vous réclame !

Le bruiteur… C'était le surnom du comédien qui jouait le rôle de Don Sanche, car il ne cessait de faire d'insupportables bruits avec sa bouche entre les scènes. Il agaçait tout le monde, celui-ci.

Je suis tout de suite tombée éperdument amoureuse de lui, de son charme, de son talent, de ses boucles blondes et de ses yeux verts qui le font ressembler à Simon Baker. Ensuite, tout est allé très vite. Six mois plus tard, il posait ses valises et sa collection de vinyles de la Motown dans mon appartement. Aujourd'hui, il dirige sa propre troupe et je suis admirative de l'homme qu'il est devenu. Plus d'une fois, Antoine a voulu que je vienne travailler avec lui, mais j'ai toujours refusé. S'il savait que je dis cela, il s'étranglerait en jurant ses grands dieux que je mens, mais il est maladivement possessif et ne supporterait pas de me voir proche d'un autre acteur. Je préfère encore garder mon Carl tyrannique et préserver l'harmonie de notre couple.

Antoine est celui que je connais par cœur, qui mange le Nutella à la cuillère lorsque je ne suis pas là et qui s'insurge de la déforestation devant les reportages d'Arte. Celui qui, cet hiver, m'a demandée en mariage au pied du sapin de Noël du Rockefeller Center à New York. Le fameux devant lequel Kevin retrouve sa mère dans *Maman, j'ai encore raté l'avion*. Cultissime ! N'importe quelle nunuche vous racontera qu'elle ne s'y attendait pas et qu'elle a pleuré toutes les larmes de son corps. Je plaide coupable, Votre Honneur.

Sept mois plus tard, le décor est totalement différent de celui des films de Noël, je dirais même que nous sommes plus proches du remake de *La Guerre des Rose*. Aujourd'hui, ce même homme disjoncte littéralement à l'idée que je puisse partir quelques jours en vacances avec mes amies d'enfance.

Accoudé au bar, dans notre appartement, il me toise, les yeux exorbités.

— Je ne comprends pas pourquoi tu réagis ainsi. Tu es ridicule, mon pauvre Antoine, je lui lance en me débattant avec la fermeture Éclair de ma valise.

— C'est toi qui es ridicule ! Tu ne penses pas avoir passé l'âge de faire une pseudo-crise d'adolescence et de t'enfuir en roulotte avec tes copines à la moindre contrariété ?

Mon portable annonce un message à ce moment précis, je le tire de ma poche arrière et regarde l'écran furtivement.

*« J'ai tellement hâte d'être à samedi et que l'on se retrouve toutes enfin ! Bisous, les mouettes !*

*Steph* »

— Et pose ton portable quand je te parle ! vocifère mon fiancé.

Je le fusille du regard tandis qu'il passe nerveusement la main dans ses cheveux bouclés. D'un calme olympien – on notera l'utilité de passer mes journées dans la peau d'une prêtresse –, je m'approche à quelques millimètres de lui.

— Antoine… Tu m'exaspères ! Ce sont mes meilleures amies. Mais je sais que c'est un concept qui t'échappe à toi, l'amitié.

Terrain dangereux, Noémie ! Je n'aurais jamais dû dire cela. Trop tard. Antoine me tourne le dos et ouvre en grand la porte de notre appartement.

— Sors ! Va-t'en avant que je ne dise également quelque chose que je pourrais regretter, fait-il sans même me regarder.

Ma valise trop remplie, ma fierté et moi-même nous retrouvons sur le palier et nous apprêtons à prendre les escaliers lorsqu'un soupçon de remords me gagne. Je tente en me retournant vers lui, prête à réengager le dialogue.

— Ant…

Trop tard. Il me claque la porte au nez.

# 2

Antoine n'a jamais supporté mes amies. Non, je rectifie. Antoine n'a jamais compris le lien unique qui me lie aux filles. À part peut-être Marion, qui, en mère de famille bien rangée, lui inspire un minimum de sympathie. Et encore… En six ans de relation, le nombre de fois où il est venu chez moi, à Brest, se compte sur les doigts d'une main. Il dit que je ne suis pas la même là-bas, qu'il ne me reconnaît pas. Avec le ton péjoratif en cadeau.

Au début de notre relation, je pensais qu'il était jaloux, tout simplement. Avec les années, j'ai pris conscience qu'en fait il n'avait jamais connu d'amitié semblable.

Antoine est un solitaire qui n'a pas besoin des autres pour exister. Il sort peu et passe son temps à écrire ses propres pièces de théâtre. Il était un enfant précoce, fils unique issu d'une famille aisée, qui n'avait pour amis que ses livres jusqu'à ce que sa mère l'inscrive à un cours de théâtre en région parisienne afin de l'ouvrir au monde. Ce fut une révélation pour lui, il avait trouvé sa voie et, comme il excellait dans tous les domaines, il n'a eu aucun mal à en faire son métier.

Dire que nous avons eu une enfance diamétralement opposée serait un euphémisme. Je viens d'une famille modeste et j'ai grandi dans un immeuble dans lequel tout le monde se connaissait. Les enfants des uns entraient sans frapper dans l'appartement des autres, tandis que les mamans buvaient leur café ensemble des heures durant. Un joyeux bazar.

Stéphanie est celle que j'ai rencontrée en premier. La famille Le Mansec vivait au-dessus de chez nous avec leurs deux enfants. Malgré ses trois ans de plus, nous étions inséparables.

La petite brune – c'est moi – et la grande blonde – elle, donc –, nous nommait-on dans le quartier. Ses parents et les miens étaient bien plus que des voisins, ils ont bâti une amitié solide qui dure depuis plus de trente ans.

L'année de mes treize ans, mon père nous a annoncé qu'il voulait faire bâtir une maison dans un quartier résidentiel de Brest, à quelques minutes de là. Pour moi, qui n'avais ni frères ni sœurs, les enfants des voisins étaient ma famille. Quitter l'immeuble des Deux-Saisons, cela revenait à mourir à petit feu : il en était hors de question. Avec Steph, on avait même entamé une grève de la faim et on manifestait au pied de la tour. Jusqu'au jour où son cousin nous a vues manger en cachette au McDo et l'a répété à sa mère – nous n'avons plus du tout été crédibles.

Mes parents m'ont tout de même embarquée avec eux jusqu'au lotissement des Bruyères, et j'ai survécu. Steph et sa famille sont restées à la tour quelques années de plus, mais cela ne nous a pas séparées comme nous le craignions à l'époque. Steph passait ses week-ends chez moi ou inversement. Ensemble, on en a fait voir des vertes et des pas mûres à nos mères. Les pauvres.

— Daniel, je me fais vraiment beaucoup de souci pour Noémie, s'inquiétait maman à l'aube de mon entrée au lycée. Heureusement que Stéphanie aura déjà quitté l'établissement, sinon on aurait pu s'attendre au pire !

— Claude, je me fais vraiment du souci pour Stéphanie, se lamentait sa mère. Heureusement qu'elle entre en BTS cette année, elle s'éloignera un peu de Noémie !

Chacune d'elles pensait secrètement que la fille de l'autre avait une mauvaise influence sur la sienne. Et elles n'étaient pas au bout de leurs peines.

La vérité, c'est qu'ensemble nous nous sentions toutes-puissantes. Steph m'était aussi indispensable que mon Walkman dans le bus le matin. Elle était la partie de moi-même qu'il me manquait. Elle était la tempête que moi seule pouvais calmer, elle parlait plus fort que les autres pendant que je lui soufflais quoi dire, elle riait à mes blagues minables pour me donner confiance en moi. On se disait qu'un jour nous n'aurions plus l'océan pour nous apaiser mais que notre amitié, elle, suffirait à nous aider à respirer.

Ma mère ne l'a jamais su, mais j'ai séché un nombre incalculable de fois en seconde pour aller la rejoindre sur le port. Nous pouvions passer nos journées entières à regarder les bateaux en mangeant du maïs grillé. Du cafetier du coin au vendeur de journaux, tout le monde nous connaissait.

Une fois, on a même rencontré Olivier de Kersauson ! Comme une quiche, je suis rentrée en courant à la maison et j'ai déclaré, fière de moi :

— Papa ! Tu ne devineras jamais qui j'ai vu sur le port aujourd'hui ?

Mon père m'a fixée avec des yeux aussi ronds que ceux de Concon, notre poisson rouge. Heureusement, j'étais déjà bonne actrice.

— Oui, enfin… En sortie scolaire, on a rencontré Olivier de Kersauson et…

Et je me suis bien gardée de lui dire que le monsieur nous avait conseillé d'aller en cours au lieu de mater les pêcheurs. Pourtant, ce n'était pas tant les garçons qui nous attiraient, à l'époque. Bien sûr, nous n'étions pas insensibles au charme des marins, notamment ceux qui déboulaient tels des héros d'un autre temps lors des fêtes maritimes. Mais ce qui nous intéressait avant tout, c'était le grand large. La liberté, le vol des mouettes que nous voulions tant suivre, l'immensité de l'océan qui se dessinait sous nos yeux.

Je me rêvais actrice et célèbre, de l'autre côté du monde. Je me voyais sur les planches à Broadway ou bien en train de coller une déculottée aux vampires comme Buffy. Aux antipodes de la carrière de professeur de lettres que me préparait ma mère depuis des années. Je me dis, parfois, que j'ai dû être leur plus grande déception.

Tous deux ouvriers à l'usine Savigrain depuis toujours, mes parents s'étaient persuadés que prof, c'était LE bon plan pour leur fille. À l'abri du chômage, du patron tyrannique, de la pointeuse et des rares jours de congés imposés.

Steph, elle, voulait quitter Brest, tout simplement. Elle n'avait aucun plan de carrière et ne savait absolument pas ce qu'elle fichait en BTS Action commerciale.

— Action, oui, je suis dans l'action ! m'expliquait-elle en mimant le combat avec ses poings. En revanche, commerciale… Je n'arrive même pas à vendre mes CD d'Ace of Base au vide-grenier du quartier.

Elle n'avait aucune idée de ce qu'elle allait faire de sa vie. Elle ignorait également que la vie, elle, en revanche, avait déjà en tête un plan bien précis pour son avenir.

« Je viens de tomber amoureuse. Comme ça. En refermant une page. Si tant est que l'on puisse s'amouracher d'un livre. Lorsque la dame qui passe chaque mercredi avec son chariot qui couine a insisté pour me refourguer celui-ci, je lui ai demandé si elle n'avait pas plutôt le dernier *Cosmo*. Elle n'a pas compris.
Elle me l'a posé sur les cuisses et elle est partie en baragouinant quelque chose que j'ai perçu comme n'étant pas très sympathique. Je l'ai pris comme une insulte et un défi. Alors vous savez quoi ? Je l'ai lu, son bouquin !
Je ne sais pas si vous le connaissez, les mouettes. Sûrement, avec vos têtes de bibliothécaires à la retraite ! Ça s'appelle *Le Joueur d'échecs* et je pense que je ne vais même pas lui rendre, à la grincheuse. Je vais le cacher au fond de mon tiroir.
Vous voyez, ce mec enfermé qui devient complètement dingo vole un livre qui sera à la fois sa perte et son salut. Je ne vais pas m'en remettre, c'est un chef-d'œuvre ! Holà, voilà que je parle comme Marion, rien ne va plus.
Toujours est-il que, si vous ne l'avez pas lu, il est au milieu de mes culottes. »

# Le grand départ

# 3

*Gare Montparnasse*
*Vendredi 14 juillet 2017*

La gare Montparnasse en période de vacances scolaires, c'est toujours un bonheur pour les sens. Tous confondus. Les gens sont survoltés à l'idée de quitter la capitale et les agents stressés à l'idée que les gens quittent simultanément la capitale. Ajoutez à ceci : la chaleur, les enfants qui braillent, les odeurs de transpiration et cela vous donne un aperçu de mon état émotionnel.

Mon train est annoncé « à l'heure » et quittera Paris à 14 h 56. Ce qui me laisse une dizaine de minutes pour appeler Antoine avant de rejoindre la voie qui sera affichée d'un instant à l'autre.

« Vous êtes bien sur le répondeur d'Antoine Tissandier, laissez-moi un message et je vous rappellerai au plus vite. Bip…

— C'est moi. Eh bien… Je voulais seulement te dire que mon train ne va pas tarder à entrer en gare. Je serai à Brest à 18 h 40, si tout va bien… Je t'appelle en arrivant, bisous. »

J'aurais préféré qu'il réponde, même si je me dis qu'il a besoin de quelques heures pour se calmer. C'est toujours pareil avec lui, il monte dans les tours très facilement mais il redescend aussi vite.

Place 57. La voilà ! Je me hisse sur la pointe des pieds, coince ma veste au-dessus de mon siège et m'installe côté fenêtre. Comme d'habitude. Une femme d'une soixantaine d'années aux tempes grisonnantes mais à la bouille encore rondouillarde arrive essoufflée et s'écroule à mes côtés.

— Pfiou, je me suis attrapé une de ces suées ! me lance-t-elle en fouillant dans son sac à main.

— Oui, je le sens bien, oui, je glisse avec un sourire crispé.

Évidemment. La voiture est remplie aux trois quarts, mais j'ai forcément quelqu'un tout transpirant à côté. Ça vous arrive à vous aussi ou c'est seulement moi qui suis maudite ?

Maudite, peut-être. Mauvaise langue, très certainement. Elle s'appelle Évelyne et elle est drôlement sympa, la voisine de siège. Après une heure de voyage, je lui ai même proposé du déodorant et elle a ri à en réveiller le couple d'en face.

— Qu'est-ce que tu fais dans la vie, chérie ? me demande-t-elle en posant son *Femme actuelle* sur la tablette.

— Je suis comédienne. Enfin, pour le théâtre, j'ajoute comme si je m'excusais.

Elle replace ses petites lunettes sur l'arête de son nez et s'exclame :

— Oh, quelle chance ! Ça, c'est faire quelque chose d'intéressant de sa vie !

Les deux jeunes en face nous dévisagent tandis qu'elle abat subitement sa main sur la tablette. J'ai presque peur, tout à coup.

— Pourquoi n'ai-je jamais fait ce dont je rêvais réellement ? Pourquoi ? questionne Évelyne en fixant le plafond.

— Ce n'est pas si génial que ça, vous savez, je précise du bout des lèvres. Je ne suis pas riche et célèbre, je suis pauvre et dépendante des rôles que veulent bien me confier les metteurs en scène.

— Chérie, regarde-moi bien. J'ai cinq enfants, m'explique-t-elle en me désignant le chiffre de ses doigts potelés. Cinq ! Quatre petits-enfants et bientôt six, ma fille cadette attend des jumeaux, c'est pour cela que je vais à Brest, elle va accoucher d'un instant à l'autre. Et celle-ci, crois-moi, avec deux bébés dans les pattes, elle est fichue !

J'esquisse un sourire tandis qu'elle lève les yeux au ciel.

— Elle dit qu'elle n'a pas besoin de moi. Laisse-moi rire une minute ! Dès qu'ils seront là, elle sera tellement à l'ouest qu'elle sera capable de brûler ma valise pour que je reste.

Deux de mes meilleures amies, Lisa et Marion, sont jumelles dizygotes. Évelyne et moi échangeons donc une bonne dizaine de minutes sur les termes médicaux de ces grossesses particulières.

— Bref, je te disais : j'ai soixante-deux ans et j'ai passé toute ma vie à prendre soin de ces cinq affreux, six avec leur père. Je ne le regrette pas, hein ? Mes enfants ne sont pas tous des foudres de guerre mais disons qu'au moins la moitié ne s'en sort pas mal. En attendant, moi, je n'ai rien fait. J'ai soixante-deux ans et je n'ai jamais rien fait.

Je la regarde, mi-amusée, mi-attendrie.

— Moi je trouve que vous en avez fait bien plus que la plupart des femmes. Avoir une si grande famille et prendre encore le train à votre âge pour voler au secours de votre fille, c'est magnifique, lui dis-je.

La petite blondinette, face à nous, approuve mes dires d'un hochement de tête.

— Tu es gentille, chérie, ça se voit sur ton visage de toute façon. Mais je le fais surtout pour moi, avoue-t-elle à voix basse. Cela me permet d'échapper un peu à ma vie hyper chiante de jeune retraitée qui tourne en rond. Avec Roger, on voyageait un peu avant notre divorce, disons deux fois par an, mais le reste du temps, c'était d'un ennui à mourir ! Et je vais te dire une chose qui risque de te surprendre, mais même une belle femme célibataire comme moi ne croule pas sous les invitations.

Les deux jeunes, en face, se retiennent d'éclater de rire. Je pouffe et lui demande, un sourire en coin :

— Elle est dans quelle moitié ? La future maman ?

Ma voisine de siège lève un sourcil interrogateur dans ma direction.

— Qu'est-ce que tu veux dire ?

— Vous disiez que la moitié de vos enfants s'en sortait bien, j'ajoute, curieuse.

— Je suis dans un train, la valise remplie d'antidépresseurs en plein mois de juillet, tu veux vraiment qu'on en parle ? rétorque Évelyne, on ne peut plus sérieuse.

Après un trajet riche en échanges, le train entre en gare avec quelques minutes de retard seulement. Me voilà de retour à la maison. Enfin.

Le jeune couple nous salue poliment et se dirige vers la sortie.

— Eh bien, ma chérie, je suis ravie d'avoir voyagé avec toi. Je te souhaite de bonnes vacances avec tes amies, me dit Évelyne tandis que je l'aide à récupérer sa valise.

— Merci ! Quant à moi, j'espère que la naissance des jumeaux se passera bien, et encore félicitations pour votre magnifique famille !

— Magnifique… Tu n'as jamais vu mon gendre, toi.

J'éclate de rire dans la rangée qui nous mène vers le quai. Évelyne m'adresse un clin d'œil lorsque nous descendons du train. Je ne sais pas si, comme moi, les autres ont parfois des pressentiments. Toujours est-il que j'ai l'impression que rien n'arrive par hasard et que cette bonne femme, pleine de vie et drôle à souhait, était censée croiser mon chemin. Et partager ma banquette.

Alors qu'un courant d'air s'engouffre entre les trains et me fait frissonner, je m'en veux de ne pas lui avoir demandé son numéro de téléphone et regrette déjà de voir sa silhouette disparaître.

— Nono ! hurle soudainement une voix si familière dans mon dos.

Je me retourne et aperçois une géante brune aux cheveux impeccablement lissés, en débardeur blanc, Ray-Ban vissées sur les yeux, me faire de grands signes. Lorsque nos regards se croisent, elle sourit de toutes ses longues dents et se rue vers moi, bousculant au passage tous les malheureux qui se trouvent sur son chemin.

— Ma Nono ! Je suis tellement contente de te voir, glisse Lisa en me serrant fort contre sa poitrine.

— Et moi donc, ma bombasse ! Comment vas-tu ? je demande une fois libérée de son étreinte.

— Super ! J'ai plein de choses à te raconter, attaque déjà Lisa avec son débit de paroles légendaire.

— Tu peux me garder ma valise une seconde ? Je reviens immédiatement, dis-je à mon amie sans qu'elle ait le temps de rétorquer.

Je glisse la poignée dans la main de Lisa et cherche frénétiquement dans tous les sens au milieu de la foule de voyageurs pressés de quitter le quai. C'est pas vrai… Mince ! Lorsque enfin je retrouve, à quelques mètres de nous, des cheveux grisonnants et frisés qui s'éloignent d'un pas sûr.

— Évelyne ! Attendez-moi !

Mon ex-voisine de siège se retourne, surprise.

— Eh bien, chérie ! Je te manquais déjà ? s'amuse-t-elle en stoppant sa course.

— Presque, lui réponds-je, essoufflée. J'aimerais beaucoup avoir votre numéro. Vous dites que vous vous ennuyez à mourir à Paris et moi, toutes mes amies sont ici, alors… Peut-être qu'on pourra tenter de faire quelque chose de notre vie ensemble, un de ces quatre.

# 4

*Brest*
*Vendredi 14 juillet 2017*

À peine avons-nous mis un pied à l'extérieur de la gare que l'air marin m'enivre tout entière. Une légère brise, le cri réconfortant des mouettes, et je me sens déjà mieux. Dieu que c'est bon d'être à la maison.

Les yeux à demi fermés, je prends une profonde inspiration sous l'œil amusé de Lisa qui allume une cigarette.

— Chacune sa dépendance, me lance-t-elle en recrachant bruyamment la fumée.

— Je croyais que tu avais arrêté !

— J'ai arrêté d'arrêter, j'avais pris deux kilos, me confie-t-elle tout en désignant ses fesses avec son menton.

Quelques rues seulement séparent la gare de l'appartement de Lisa, situé rue Voltaire. Tandis que nous attaquons le chemin à pied, la conversation s'oriente naturellement vers Antoine. Que j'ai oublié d'appeler.

— Comment va-t-il ? Cela fait un petit moment qu'il n'est pas venu ici, questionne mon amie.

— Ça va, ça va…, dis-je en attrapant mon portable dans la poche arrière de mon jean. Et puis, il était là au printemps.

Lisa s'immobilise tout net sur le trottoir et me fixe, éberluée.

— Encore heureux ! C'était la moindre des choses.

Elle repart de plus belle et marmonne dans sa barbe :

— C'est la meilleure, celle-là…

Je préfère ne pas entrer dans un débat stérile et colle le téléphone à mon oreille. Répondeur. Je ne lui laisse pas de message. Ça me fatigue.

Lisa ôte ses lunettes de soleil et me regarde du coin de l'œil.

— Ça va aller ?

Je lui souris et opine du chef avant de ranger mon portable et mon envie de pleurer dans ma poche.

— Ma sœur nous rejoint demain matin, cela me laisse la soirée pour te briefer sur les dernières aventures des jumelles Brignoux, et je peux te dire qu'il y a des dossiers, m'explique Lisa en tournant la clé dans la serrure de son appartement.

Les jumelles Brignoux, je les ai rencontrées le jour de la rentrée des classes alors que nous entrions en première littéraire. Je me souviens parfaitement de ces deux grandes copies conformes qui faisaient tout, à l'époque, pour rester le plus éloignées l'une de l'autre.

Marion était aussi effacée et calme que Lisa était exubérante. Tandis que la première portait des bagues aux dents et fuyait comme la peste les bals du lycée, la deuxième avait déjà un sacré coup de pinceau sur le maquillage et présidait l'association des élèves.

Leur mère avait débarqué le premier jour demandant que ses filles ne soient pas dans la même classe.

— Pour leur équilibre psychologique et afin d'aider Marion à s'affranchir de sa sœur, avait-elle expliqué au proviseur.

Nous étions dans un petit lycée, le genre qui ne compte qu'une classe par filière, alors à moins qu'une des deux ne change d'orientation à la dernière minute, elles étaient condamnées à se supporter pour deux ans au moins. S'il y a bien une chose que la mère Brignoux n'avait pas vue venir, c'était le rapprochement de ses jumelles.

Je me suis immédiatement liée d'amitié avec Lisa. Elle me faisait mourir de rire, souvent malgré elle. Cette fille n'avait pas de filtres, elle disait – et dit encore aujourd'hui – haut et fort tout ce que tout le monde pense mais n'ose pas laisser sortir. Vous imaginez bien que, au début, Steph n'a pas vu d'un très bon œil cette nouvelle forte tête dans notre cercle. Qui d'ailleurs n'était à l'époque qu'un duo.

Tant bien que mal, j'ai réussi à imposer Lisa, et la méfiance des débuts s'est transformée en amitié. Avec juste un petit soupçon de rivalité qui ressurgit encore, de temps à autre. Deux fortes têtes dans un même groupe, c'est inévitable.

— Et elle ? Elle ne vient pas ? a demandé Steph en désignant Marion du menton, un soir où elle venait nous chercher après les cours pour nous emmener à la plage.

Steph avait déjà le permis. Qu'est-ce qu'on a pu faire les malignes devant les autres lorsque l'on montait dans sa Renault 5 blanche toute pourrie.

— Qui ça ? Ma sœur ? a questionné Lisa, aussi surprise que si on lui avait demandé de résoudre une équation à deux inconnues.

— Tu as la chance que tes parents aient fait une version aboutie de toi-même et on ne la connaît même pas ! a rétorqué Steph pour agacer Lisa.

J'ai pouffé et me suis retournée vers Marion qui ajustait son cartable bien trop lourd sur son épaule pour rentrer chez elle.

— Marion ? Tu viens ? ai-je tenté sans grand espoir qu'elle veuille enfin nous suivre.

Comme pour défier sa sœur, Marion a accepté. Elle est montée dans la voiture, elle a souri, on l'a aimée tout de suite. Et Lisa a fait la gueule toute la soirée. Dès ce jour, notre cercle ne comptait plus une Brignoux, mais deux.

Il s'en est passé des choses dans la vieille bagnole de Steph. Des engueulades, des confessions, des fous rires, des pleurs, du bonheur, et même de l'infinie tristesse.

— On s'ouvre une bouteille ? demande Lisa, la tête dans un placard.

— Si cela ne te dérange pas, je vais d'abord faire un saut chez mes parents et je reviens, fais-je en consultant l'heure sur l'écran de mon portable.

— Aucun souci, on a le temps ! Je te prête ma voiture ?

— Tu es un amour, ma Lisa !

Il est presque dix-neuf heures trente lorsque j'arrive au lotissement des Bruyères. Je gare la 208 de mon amie devant le numéro 15 et observe un instant la villa familiale. Rien ne change jamais ici. Les rosiers sont toujours bien portants et la haie est entretenue à la perfection. Une légère brise s'engouffre sous le porche, faisant sonner le carillon comme pour prévenir de ma présence. Je longe la terrasse pour rejoindre l'entrée du garage et ouvre le portail, qui, je pense, n'a pas été fermé à clé depuis 1996. Dans ce quartier, personne ne verrouille jamais aucune porte, c'est comme ça. Tout le monde veille sur tout le monde. Il y a toujours un voisin, le facteur, la vieille dame du numéro 4 ou les enfants qui jouent au foot dans l'impasse pour assurer le service d'ordre. La maison est silencieuse, seul le son de la petite télévision de la cuisine traverse la cloison du garage attenant. Je suis à peu près sûre de trouver mon père à table devant le journal régional. Pour ne pas l'effrayer, je frappe doucement contre le carreau.

— Nono ! Ça va, ma grande ? Je ne t'attendais pas avant demain matin, s'exclame-t-il lorsqu'il ouvre la porte de service de la cuisine.

Le couvert est dressé sur la table et le présentateur annonce la météo de la Bretagne. Mon cœur bat si fort qu'il m'oblige à prendre une longue inspiration.

— Je n'étais pas sûre d'avoir le temps de venir avant de partir demain, Steph a loué le van pour onze heures.

— J'en connais un qui doit tirer une tronche de six pieds de long de savoir que tu pars avec les filles, lance mon père avant de se rasseoir à table.

Ils se sont donné le mot ou quoi ?

— Antoine va très bien, merci de demander, papa, je m'agace tandis qu'il éclate de rire.

— Ça va… Je plaisante ! N'empêche qu'il ne doit pas être enchanté, le blondinet.

Et moi, je comprends pourquoi il ne veut jamais venir ici.

— Papa, on y va tant que je suis là ? fais-je en balayant d'une main sa vanne sur mon fiancé.

— Maintenant ? Il faut que je range tout ce désordre…

Il désigne la table des yeux.

— Tu n'attends personne à ce que je sache, on rangera en rentrant, je t'aiderai ! Allez, il fait encore chaud, on a le temps.

— Si tu veux, capitule-t-il tout en s'essuyant la bouche avec sa serviette à carreaux, avant de la replacer correctement à côté des couverts.

Quelques minutes plus tard, mon père et moi nous engageons sur le chemin du Belvédère.

— Vous n'allez pas avoir froid, on nous annonce une semaine caniculaire. Il est climatisé, votre camion, au moins ?

— Papa, ce n'est pas un camion, c'est un van ! Attends, dis-je en cherchant une photo d'un Volkswagen California sur Google. Tiens, c'est ça !

Mon père approche sa tête de l'écran et mime la stupéfaction.

— Ça en jette plus que les caravanes qu'on avait à l'époque, c'est sûr. Mais vous allez toutes dormir là-dedans ? s'inquiète-t-il de nouveau.

Je passe mon bras autour du sien et le rassure.

— Mais oui ! Je t'enverrai des photos, tu verras.

— De toute façon, je ne sais pas les ouvrir. Ta tante a essayé de m'expliquer dix fois, je les efface toujours comme un âne !

Je lui souris et me promets de lui expliquer en rentrant. Au pire, je lui enverrai une carte postale. La boîte à lettres, elle au moins, il sait l'ouvrir.

Nous y voilà. La première chose que je fais lorsque je reviens à la maison. Mon père me montre rapidement les aménagements faits par la municipalité cet hiver. Il semble vraisemblablement indigné par le muret monté autour du parking principal.

— Et devant l'entrée, c'est pire encore. C'est n'importe quoi… Depuis qu'ils ont installé ces barrières, on ne peut plus y accéder en voiture, peste-t-il comme à son habitude.

— Mais tu viens toujours à pied, en quoi ça te dérange, papa ?

— Et si j'ai des pots à décharger, hein ?

Oui. Certes. Le pépiniériste du cimetière Saint-Georges, vous le connaissez ?

Nous nous avançons dans l'allée. À cette saison, les fleurs des champs reprennent possession des lieux. L'air marin souffle dans mes cheveux, comme pour m'encourager.

— Bonjour, maman, je murmure en m'agenouillant devant le caveau familial, la main de mon père posée sur mon épaule.

# 5

Il est un peu plus de vingt et une heures lorsque je regagne l'appartement de Lisa. Une faible lumière provenant du salon me guide vers celle-ci qui, attablée devant un plat de sushis, les yeux rivés à la télé, esquisse à peine un geste dans ma direction lorsque je passe la porte.

— J'ai frappé mais…

— Chut ! me coupe-t-elle en faisant de grands signes avec la main. Tu ne connais pas cette série ?

— Euh, non, je murmure en retirant mes chaussures.

J'ai l'impression de m'être trompée d'appartement et d'entrer chez la petite mamie qui vit au sixième. Cela dit, j'espère que la vieille dame ne se siffle pas une Desperados devant sa série.

— Et le samedi soir, il y a *NCIS*, ça tu connais ? Ils en ont fait un spin-off ! *NCIS : Nouvelle-Orléans*, m'explique Lisa, la bouche pleine. J'aime moins, mais on se laisse vite prendre quand même !

Elle me fait peur.

— Assieds-toi, ajoute-t-elle. Viens manger !

Je me dirige vers elle. Sur la pointe des pieds.

— Non ! Attends ! Va te prendre une bière dans le frigo.

— C'est gentil, mais je préfère un verre d'eau pour ce soir, dis-je une fois assise à ses côtés. Question alcool, on aura largement notre quota cette semaine.

Lisa me regarde de biais.

— Tu as raison, je n'y ai pas pensé, réfléchit-elle avant de boire au goulot.

— Hmmm. Tu les as pris où ? Ils sont vachement bons ! demandé-je en goûtant les sushis.

— Chut ! Chut ! Chut ! me fait Lisa en montant le son de la télé.

Une heure plus tard, l'épisode terminé, Lisa se tourne enfin vers moi et redevient une femme civilisée de trente-deux ans.

— Tu sais que Marion et Philippe ont des soucis au centre équestre ?

Lisa critique sa sœur et son beau-frère, elle a donc bel et bien retrouvé ses esprits.

— Non, je ne savais pas, dis-je en étouffant un bâillement.

— Les gens n'ont plus d'argent pour vivre de nos jours, alors tu penses bien que payer des cours d'équitation à leurs gosses n'est plus vraiment la priorité, m'explique-t-elle en nouant ses longs cheveux bruns en une tresse sur le côté.

— J'espère que ça va s'arranger. Ce centre, c'est toute leur vie.

Lisa opine du chef, l'air préoccupé, avant de demander :

— Et ton père, ça va ? Je le vois de temps en temps au magasin, il est sympa parce qu'il monte toujours me « saluer », comme il dit.

Nous rions toutes les deux en imaginant parfaitement la façon de s'exprimer de mon père, à la fois sûr de lui et toujours dans la retenue. Et après, on se demande d'où me vient ce caractère paradoxal.

— Ça a l'air d'aller… J'aimerais le voir plus souvent, mais je me dis que mon oncle et ma tante vivent juste à côté et qu'il a toujours son foot, ça le sort.

— Non ! Il est encore président du club ? demande Lisa en écarquillant ses grands yeux noisette.

— Eh oui ! Si mes souvenirs sont bons, cela va faire vingt-cinq ans. Et ma mère qui disait tous les ans : « C'est sa dernière année ! », si elle savait…

— Ouais, dit mon amie tandis que nous baissons toutes les deux le regard vers le sol.

— Et toi, le boulot ? je lance pour changer de sujet.

— Boh, tu sais, mon extraordinaire carrière de comptable dans un hypermarché se porte à merveille. Entre mes fiches de paie et mes bons de livraison, c'est le délire total !

Nous éclatons de rire. Sommes-nous tous condamnés à exercer des jobs alimentaires ? Ou simplement des éternels insatisfaits ?

— On ferait mieux d'aller au lit, non ? je demande subitement en découvrant l'heure avancée.

— Je te préviens, je ronfle encore comme le moteur des chalutiers, m'annonce Lisa en se couchant à mes côtés.

— Avec l'âge, ça ne doit pas aller en s'arrangeant en plus…

— C'est petit, Nono ! Et je te rappelle que j'ai deux mois de moins que toi.

Une fois couchée, j'ai la sensation d'avoir dix-sept ans de nouveau. Je crois bien que c'est la première fois que je dors avec Lisa depuis le lycée. C'est drôle et naturel à la fois. Malgré tous les coups durs que nous réserve la vie, certaines choses ne changent jamais. Heureusement.

— Tu as mis le réveil ? je demande avant de me tourner sur le côté.

— Oui, chérie, répond Lisa, hilare. Bonne nuit, mon amour.

— Bonne nuit, petit cul !

Je suis morte de fatigue et pourtant je n'arrive pas à m'endormir. Je ne cesse de penser à Antoine, enfermé dans son mutisme, et je m'en veux d'être partie sur une dispute. Mais si je ne peux pas passer quelques jours avec mes copines sans que cela devienne une affaire d'État, qu'est-ce que ce sera ensuite ? Ce silence, cette agressivité, cela ne lui ressemble pas. Antoine est aussi calme et prévenant que ses cheveux sont indisciplinés. Et il a beau m'agacer profondément, je ne serais pas celle que je suis aujourd'hui sans lui. Si seulement j'arrivais à savoir pourquoi notre histoire semble nous échapper ces derniers temps…

Antoine n'a jamais eu confiance en lui, c'est le fond du problème. Si vous connaissiez son père, vous comprendriez pourquoi. Le Dr Tissandier, pneumologue à Paris, considère tous ses congénères comme inférieurs à lui, y compris son fils. Antoine, avec son âme d'artiste et son goût prononcé pour la littérature, a grandi sous les reproches et dans l'incompréhension paternels. Comment pourrait-il avoir confiance en quelqu'un d'autre ? Pourtant, je suis aussi fidèle en amour qu'en amitié, il devrait le savoir.

J'ai vu mes parents heureux et amoureux toute leur vie. Le modèle parfait. J'ai assisté à de gros coups de gueule et à d'innombrables disputes, mais cela se terminait toujours dans le dialogue et la réconciliation.

J'ai vu mon père effondré lorsque je suis arrivée à l'hôpital en catastrophe le jour de l'accident de ma mère. J'ai plongé mon regard dans le sien lorsque le docteur nous a expliqué qu'il n'y avait plus rien à faire. J'ai vu un homme à terre, sans voix, totalement démuni. J'ai assisté, impuissante, à la fin brutale et irréversible de leur sublime histoire d'amour. Cela a fait dix ans au mois de mai et, malgré le temps qui passe et les sourires qui reviennent, je sais qu'il ne s'en remettra jamais. J'ai vu de mes propres yeux que le grand amour existe, que les autres ne sont que de passage, et qu'à la fin il n'en restera qu'un.

Tandis que je pousse la couverture à mes pieds tant il fait chaud en cette nuit d'été, un bruit sourd nous fait sursauter. À travers le rideau, nous apercevons les feux d'artifice du 14 Juillet se dessiner dans le ciel brestois.

— Tu penses à elle parfois ? demande Lisa au bout de quelques minutes, les yeux rivés à la fenêtre.

— À ma mère ?

— Non, à Charlotte, répond mon amie à voix basse.

Le dernier coup gronde au loin, annonçant la fin des festivités, et le ciel redevient noir et silencieux.

— Tout le temps.

# 6

*Brest*
*Samedi 15 juillet 2017*

Mon cœur manque d'exploser lorsque je m'aperçois qu'Antoine m'a envoyé un message à, exactement, 7 h 32. Le temps de remettre mes idées en place, de me rappeler où je suis et quel jour nous sommes, et je le lis.

*« Tu as pris tes clés ou je laisse le double au concierge ? »*

Sympa. C'est tout à fait le genre de message que j'attendais impatiemment depuis hier. Le double au concierge ? Mais pourquoi, où va-t-il ?

*« Je n'ai pas eu le temps de les prendre, non. Tu vas quelque part ? »*

Allongée à mes côtés, Lisa ouvre difficilement un œil.

— Le réveil n'a pas sonné ? Quelle heure est-il ?

— Non, ne t'inquiète pas, il n'est pas encore huit heures. Tu peux même te rendormir un peu, dis-je, l'air soucieux.

— Trop tard, je suis réveillée, je vais aller faire du café, marmonne mon amie en s'étirant comme un chat.

*« Je pars aussi quelques jours avec un pote. J'ai également besoin de prendre l'air. Je laisse les clés à Fred, alors. À vendredi. »*

Avec un pote ? Mais il n'en a pas. Qu'est-ce que c'est que cette histoire ?

*« Tu vas où et avec qui ? Je ne comprends pas ce que tu me fais ! »*

Je me lève et rejoins Lisa dans la cuisine. Le portable scotché à la main, sans quitter l'écran des yeux.

— Sucre ? demande-t-elle, toute guillerette.

— Oui, s'il te plaît, réponds-je en m'asseyant sur le tabouret tel un automate.

— Ça va ? s'inquiète Lisa en scrutant mon visage livide.

*« Je pars en Normandie avec un mec du théâtre, tu ne le connais pas. Amuse-toi bien, à vendredi ! »*

J'hallucine ! Il se prend pour qui ?!

— Antoine part en vacances je ne sais pas trop où avec quelqu'un que je ne connais pas, je lui explique, sous le choc.

Lisa prend un air stupéfait et tend sa main vers mon téléphone.

— Ton Antoine ? Fais voir !

Elle remonte les messages et le repose sur la table.

— Mon œil ! Cent balles qu'il va chez sa mère et qu'il fait tout ça pour te faire stresser.

J'attrape la tasse de café au vol avant qu'elle ne la dépose devant moi.

— Si c'est le cas, ça marche, dis-je en soufflant sur ma boisson fumante.

— Laisse-le mariner, il reviendra la queue entre les jambes, conclut Lisa, les yeux encore tout bouffis.

Charmant.

En attendant, je ne comprends pas comment on a pu en arriver là. Il y a un peu plus de sept mois, nous étions à New York et nous nous faisions des promesses d'amour éternel. Mes yeux glissent vers ma bague de fiançailles. J'ai l'impression que tout ceci est arrivé il y a une éternité. Voire jamais.

— Salut, les mouettes ! lance une voix rauque et familière dans notre dos.

Marion referme la porte derrière elle et s'empresse de venir m'embrasser.

— Hey, la Marionnette ! Comment ça va ? je l'accueille en ouvrant bien grands mes bras.

— Super ! Je suis tellement contente de te voir. Que tu es belle, c'en est indécent ! s'exclame Marion avant de faire le tour du bar pour faire la bise à sa sœur.

— C'est ce que je lui ai dit, mais elle ne me croit pas ! ajoute Lisa en posant une tasse brûlante sous le nez de sa jumelle.

Ce qui est frappant chez elles, c'est que leurs visages, et surtout leurs regards, sont parfaitement identiques alors que tout le reste diffère. Leurs parents ont toujours voulu en faire deux personnes distinctes, pour le coup, c'est un sans-faute !

Marion porte sur elle le résultat d'années de nuits saccadées par les réveils nocturnes de ses fils. Ses traits sont tirés et deux sillons relativement marqués creusent son front. Bien qu'elle soit toujours apprêtée, le manque de sommeil et le stress la font paraître bien plus âgée que sa sœur. De plus, Lisa garde toujours ses cheveux bruns aussi longs que lorsque nous étions adolescentes tandis que Marion a coupé les siens en un carré pratique depuis bien longtemps.

Lorsqu'elle attrape sa tasse, je me rends également compte que la maternité et/ou la gestion d'un centre équestre est incompatible avec la manucure. Je m'empresse de la questionner :

— Comment vont les petits ?

— Très bien ! Victor prend des cours de natation, Philippe pense qu'à cinq ans on est prêt ! Je trouve cela trop tôt, mais bon… Quant à Baptiste, je ne désespère pas qu'il soit propre pour la rentrée. J'espère pouvoir le mettre à l'école en septembre, explique Marion en remuant frénétiquement son café.

Lisa grimace dans ma direction.

— Il a eu deux ans en mars, laisse-le vivre, ce pauvre gosse ! Il a le temps, déclare-t-elle, exaspérée.

Marion pose sa tasse et la fusille des yeux. Ça y est. On aura tenu trois minutes, montre en main.

— Excuse-moi, mais je n'ai pas le souvenir que tu aies déjà élevé des enfants ? Ou bien aurais-tu commencé une formation de puéricultrice sans me le dire ?

Je me dois d'intervenir. On n'est pas loin d'un séisme d'une magnitude de huit sur l'échelle de Lisa.

— Vous n'allez pas commencer, les sœurs Brignoux : attendez un peu, on n'est même pas encore parties !

Elles déposent les armes et trempent à nouveau les lèvres dans leurs tasses. Quelle autorité !

— De toute façon, il faut qu'on se bouge les fesses. On doit être chez Steph à onze heures, déclare Lisa en se levant. Tu veux prendre ta douche en premier ?

— Vas-y, je rétorque. Je vais ranger tout ça !

Pendant que je remplis le lave-vaisselle, Marion s'empresse d'appeler son mari qu'elle a quitté une heure plus tôt.

— Laisse-le cul nu le plus possible ! Tant pis s'il fait pipi sur le carrelage. Veille seulement à ce qu'il ne se casse pas la margoulette !

Je ne peux réprimer un gloussement. Marion met un point d'honneur à ce que ses enfants parlent correctement. Elle ne veut entendre aucune grossièreté sortir de leurs bouches. Son mari et elle utilisent donc des expressions désuètes ou des noms de code. Elle s'est tellement habituée qu'elle parle désormais comme ça avec tout le monde et je trouve cela aussi ridicule qu'irrésistible.

Sans me prêter attention, Marion continue :

— Oui… Qui ça, Victor ? Philippe, on en a déjà parlé, il est hors de question qu'il y aille. Il est trop petit ! À moins que la mère de son copain n'accepte que tu restes avec lui, sinon c'est non !

Je nettoie la Tassimo. Je n'écoute pas.

— Allez, je te laisse. Oui… Je t'aime, je te rappelle en arrivant, bisous.

Et elle raccroche.

— Faites des gosses ! s'exaspère-t-elle en s'approchant de moi. Ma gourgandine de voisine veut emmener Victor et un autre gamin de leur classe avec elle à la piscine ! Et puis quoi encore ? Demain, on les laisse partir seuls en boîte ?

— C'est sûr que s'ils font plus tard ce qu'on a fait nous… Au secours !

Marion semble prise de panique.

— Jamais mes enfants ne se retrouveront dans de telles situations, déclare-t-elle sans ciller.

Que tu dis.

— Au fait, ajoute-t-elle sur le ton de la confidence, comment tu l'as trouvée, Lisa ?

— À part le fait qu'elle soit beaucoup trop accro aux séries télévisées, tu veux dire ?

Marion me tire par le bras pour me prendre à part dans un coin du salon de peur que sa sœur ne débarque.

— Arrête donc ! As-tu trouvé qu'elle allait bien ?

— Oui, enfin, c'est Lisa, quoi ! Pourquoi ?

Je ne vois pas où elle veut en venir.

— Parce qu'elle a repris le boulot il y a deux semaines seulement. Elle était en arrêt maladie depuis deux mois, chuchote-t-elle sans cesser de lorgner vers la chambre.

— Quoi ? Mais elle ne me l'a jamais dit… En arrêt pour quelle raison ?

Dans le couloir, on entend les pas de Lisa qui approchent vers le salon.

— Dépression, me glisse Marion dans l'oreille avant de reculer aussitôt.

« Je m'ennuie, je m'ennuie, je m'ennuie.
J'ai envie de faire pipi en plus. Mais je n'ai pas le droit de bouger jusqu'à ce qu'on m'en donne l'autorisation. Je me suis téléchargé un jeu nul, Angry Birds, et, faute de mieux, je colle une déculottée à des oiseaux. Quelle tristesse.
Lisa a dit qu'elle serait là vers seize heures, en heure de Lisa, cela signifie dix-sept heures trente.
Je m'ennuie. Je m'ennuie. Je m'ennuie. »

« Philippe est passé, j'ai dû interrompre mon ennui. Il est cool, Philippe. Il m'a aidée à avancer six niveaux.
Quelle tristesse. »

Je [illegible] tranquille [illegible], je [illegible].
J'ai envie de faire [illegible] en plus. Mais je n'ai pas le droit de couper [illegible] ce [illegible] m'en a donné l'autorisation. Je me suis [illegible] un petit [illegible] Andy. [illegible] de mieux, je crois que [illegible] [illegible] expériences.

Les huit [illegible] seize heures [illegible] de Lisa, cela signifie qu'il est [illegible] trente.

Je m'ennuie. Je [illegible].

« Philippe est passé [illegible]. Il est cool Philippe, il [illegible] six heures. »

[illegible]

En avant, les mouettes !

# 7

*Brest*
*Samedi 15 juillet 2017*

Le trajet, dans le monospace de Marion, ne dure pas plus de quinze minutes jusqu'à la gendarmerie. Le paysage défile et avec lui, les souvenirs de mon enfance. Avoir été adolescentes dans les années 2000 nous laisse un temps d'avance sur la nouvelle génération. Avec leurs portables, leurs tablettes et leurs réseaux sociaux, jamais les jeunes d'aujourd'hui ne connaîtront le bonheur d'errer dans Brest à la recherche de rien. Qu'est-ce qu'on a pu s'ennuyer dans ces rues ! Néanmoins, à chaque carrefour, une anecdote remonte à la surface et me fait sourire.

Assise côté passager, je ne cesse de faire les gros yeux à Marion pendant qu'elle conduit afin qu'elle m'explique au plus vite ce qui est arrivé à Lisa. Même si elle est sur le siège arrière et que sa sœur ne cesse de la désigner du menton dans le rétroviseur pour me dissuader de continuer.

Je lui mime le fait que Lisa a des écouteurs dans les oreilles. À son tour, elle me mime à quel point je suis siphonnée de vouloir la faire parler maintenant. Cela ne nous mènera à rien…

De toute façon j'aperçois déjà, sur le parking, le fameux van à bord duquel nous longerons la côte jusqu'à Arcachon. Tandis que nous arrivons à son niveau, un collègue de Steph en fait le tour et scrute le véhicule par la vitre passager.

— Mamma mia ! Il est canon ! s'écrie Lisa en dégageant ses oreilles.

C'est vrai qu'il est sublime. Encore mieux en vrai que sur les photos que Steph nous a envoyées. Il n'a absolument rien à voir avec le fourgon miteux que l'oncle des jumelles nous avait prêté à l'époque.

— Et cet uniforme, ça lui fait un cul d'enfer ! ajoute Lisa en ouvrant sa porte.

Visiblement, on ne pensait pas à la même chose.

— Vous êtes sûres que nous allons pouvoir dormir à cinq là-dedans ? s'inquiète Marion en coupant le moteur.

— Qui t'a parlé de dormir ? demande sa sœur qui a déjà un pied sur le parking.

Je suis la première à grimper les marches qui nous mènent jusqu'à l'appartement de Steph. Tandis que je lève le poing pour frapper à la porte, elle s'ouvre toute seule, nous fichant une trouille monstre.

— C'est bon, j'y vais ! râle Maya, un sac-poubelle à la main.

— Et bonjour, jeune fille ! dis-je, nez à nez avec ma filleule qui devient chaque jour un peu plus une femme.

Elle écarquille les yeux et fait tomber le sac d'ordures sur mes pieds.

— Oh ! Comment c'est trop frais de vous voir ! lance l'adolescente en se jetant dans mes bras.

Je suppose que, dans son langage, cela signifie que ça lui fait plaisir.

— Bonjour, ma chérie, dit Marion lorsque la petite lui fait la bise.

Alors qu'elle termine d'embrasser Lisa sur le pas de la porte, Maya ramasse le sac et nous confie :

— Je vais jeter ça, je remonte vite. Ma daronne, en ce moment, elle est un peu tendue, je vous attendais comme Messi !

Je ne prends pas la peine de relever. Les jumelles et moi explosons de rire dès qu'elle tourne le dos. La semaine nous réserve sûrement encore de belles pépites.

— Vous êtes là ! Entrez, entrez ! nous invite la voix de Steph. Vous avez croisé Maya ?

Nous nous regardons, un rictus au coin des lèvres.

— Oui, à l'instant, fait Lisa une fois à l'intérieur.

Comme à son habitude, Steph n'est pas prête. Son sac est grand ouvert dans le salon, un maillot de bain est posé sur le dossier du canapé, Ed Sheeran chante à tue-tête autour de nous pendant qu'elle nous offre son derrière en guise d'accueil.

— Je suis désolée, les filles, j'ai perdu mes clés de voiture, nous explique-t-elle, le nez dans un tiroir de l'entrée. Il faut que je la déplace pour que Marion puisse laisser la sienne ici pour la semaine. Je suis dans le pétrin !

S'il y a un truc à savoir au sujet de Steph, c'est qu'elle perd toujours tout. Pas étonnées pour un sou, nous patientons donc tranquillement. La seule chose sur laquelle elle veille comme le lait sur le feu, c'est sa fille. Vous me direz, comme toutes les mamans. Certes, mais Steph est loin d'être une mère lambda.

Je me souviendrai toute ma vie de ce printemps 2001 durant lequel Lisa, Marion et moi révisions notre bac de français. Le débat s'articulait autour du bachotage. Les jumelles avaient chacune leur point de vue sur le fait de mettre ou non un tiers des textes de côté et de remettre son destin à la chance. Je devais être l'arbitre lorsque Steph est arrivée. Nous étions sur la plage, il était environ dix-huit heures et elle nous a lâché une bombe.

— Je suis enceinte !

Trois mots à peine ont suffi à nous faire oublier les quatre cent quatre-vingts pages des *Châtiments* de Victor Hugo. Pour les adolescentes que nous étions, cela semblait irréel et incompréhensible. Lisa a dit qu'elle ne pouvait pas le garder, pas à dix-neuf ans. Marion a demandé à sa sœur de s'occuper de ses affaires et a expliqué à Steph qu'un avortement était un acte lourd de conséquences. Elle a toujours été notre conscience, Marion.

Moi, j'étais dans une espèce de syndrome de stress post-traumatique qui me coupait le souffle. Je n'arrivais pas à parler, je me contentais de fixer Steph, abasourdie. Il s'agissait d'un bébé. D'un être humain qui se développait dans le ventre de ma meilleure amie. D'une petite vie innocente qui s'était retrouvée là sans rien demander.

Steph n'a cessé de chercher mon regard, les yeux humides et les lèvres tremblantes. Elle voulait savoir ce que je pensais, elle était perdue et moi décontenancée.

Une fois les jumelles parties, elle a pleuré, beaucoup pleuré. Moi aussi d'ailleurs. Dans la Renault 5, Steph a étudié toutes les manières possibles de l'annoncer à ses parents. Elle m'a ensuite déposée chez moi et j'ai attendu fébrilement qu'elle m'appelle, aussi stressée que si je devais le dire moi-même.

Six mois plus tard, Steph était maman d'une petite chose toute fripée qui s'appelait Maya. Exit les études commerciales, les rêves de quitter Brest pour faire je ne sais quoi et les soirées arrosées avec les copines. Aidés par leurs familles respectives, Stéphanie et Pierre, le papa, ont emménagé dans un appartement rien qu'à eux et ont tenté de faire de leur mieux dans leur nouvelle vie de parents. Mais aux yeux de beaucoup, elle arrivait bien trop tôt. Pierre a intégré l'entreprise de maçonnerie familiale, et Steph, quant à elle, après quelques mois de galère, elle a réussi le concours d'entrée à l'école de gendarmerie. Un joli pied de nez à tous ceux qui l'imaginaient vivre aux crochets de la société pour le reste de sa vie.

Alors que Steph fouille toujours, Marion, pragmatique, sauve la situation avant qu'elle ne dérape.

— Tu avais l'intention de la mettre où, ta voiture ? demande-t-elle aux fesses de Steph.

— Mon collègue me prête sa place, sa femme et lui sont partis en vacances pour trois semaines.

— Donc je peux peut-être y mettre la mienne et tout sera réglé, explique le cerveau de la bande.

Les grands yeux bleus de Steph nous regardent enfin.

— C'est pas bête, ça ! On laissera un mot sur le pare-brise pour expliquer qu'elle est à nous, réfléchit Steph à haute voix.

— Cela ne résout pas pour autant le mystère de tes clés disparues, j'interviens. Si Pierre en a besoin cette semaine…

Elle me coupe, assise sur sa valise afin qu'elle se ferme.

— T'inquiète ! Il a le C15 de l'entreprise !

À ces mots, Maya se faufile entre nous et supplie sa mère.

— Pourquoi est-ce que je ne peux pas rester avec papa ? J'ai pas envie de venir avec vous !

Lisa, Marion et moi nous préparons à l'impact.

— Maya, ça suffit. On en a déjà parlé, tu viens, un point c'est tout. Ton père a un gros chantier cette semaine, il ne pourra pas s'occuper de toi.

Maya souffle et traîne des pieds jusqu'à sa chambre.

— Je crois qu'elle est amoureuse du fils du capitaine, dit sa mère une fois que l'adolescente a le dos tourné. Du coup, elle a peur qu'il se trouve une copine pendant son absence. Cela dit, cela m'arrangerait bien, ce gosse a la même tête d'imbécile que son père.

Elle n'a pas terminé sa phrase que sa fille lance un sac Eastpak dans le salon et déclare en ajustant son casque trop grand pour elle sur ses oreilles :

— Allez, c'est parti pour des vacances en camion avec des vieilles !

# 8

Après avoir chargé nos affaires dans le van, nous nous installons enfin. La grande aventure commence. Lisa passe devant tandis que Steph prend le volant. Marion, Maya et moi nous asseyons à l'arrière.

— J'ai dit à la fille qui m'a expliqué le fonctionnement du bolide que je serai la seule conductrice durant le séjour. J'y suis allée en tenue, tu penses qu'elle m'a fait confiance ! fanfaronne Steph.

— Tu exagères, lui lance Marion en levant les yeux au ciel.

— En revanche, mesdemoiselles, j'annonce que ce n'était qu'un mensonge : il va falloir mettre en place un roulement. Je conduis le matin à la fraîche, vous prenez le volant le soir, je déteste conduire la nuit ! fait Steph, le sourire aux lèvres.

— Mais bien sûr, je riposte. Tu établis déjà une dictature. Nous laisserons plutôt le hasard s'en charger et déciderons à pile ou face !

Les filles se mettent à rire et nous voilà parties. Environ trois heures de route nous attendent avant notre premier arrêt à Nantes. Si l'on s'en tient au plan initial et que nous voulons refaire le même périple que l'été de nos dix-huit ans, une halte en Loire-Atlantique est indispensable.

Maya cale sa tête contre la vitre, la musique à fond dans son casque. Lisa pose des questions à Steph sur le gendarme canon qu'elle a vu en arrivant à la caserne. J'en profite pour taper Marion du coude.

— Dis-moi pour ta sœur, je murmure.

Maligne, Marion sort son portable de son sac à main et fait défiler des photos de ses enfants.

— Au printemps, après ton départ, elle nous a fait une espèce de burn-out ou je ne sais pas trop quoi… Alors là, tu vois c'est le spectacle de fin d'année de l'école de Victor !… Elle pleurait ou dormait à longueur de journée, elle n'arrivait pas à remonter la pente… Ils ont fait un spectacle sur le thème d'Harry Potter. Elle a disjoncté au bureau, elle s'en est prise à sa collègue… Là, Baptiste fait le pitre, comme d'habitude. Le médecin a ordonné le repos complet et elle a repris il y a deux semaines seulement, sa collègue me tient au courant et me dit que, pour l'instant, il n'y a rien à signaler.

— Qu'ils sont beaux ! Baptiste te ressemble de plus en plus, c'est incroyable, fais-je en prenant son portable entre mes mains. Nous nous sommes appelées cent fois, elle ne m'en a jamais parlé. Toi non plus, d'ailleurs.

— T'as vu, hein ? Tandis que Victor est le portrait craché de Philippe ! On ne voulait pas vous inquiéter, ça n'a été facile pour personne ces derniers mois, ce n'était pas la peine d'en rajouter.

Je lève les yeux vers Lisa qui est toujours en grande conversation et déglutis péniblement.

— Tout de même, je me sens stupide, vous auriez dû nous le dire ! Tu es une grande veinarde, Marion, j'espère que tu le sais ? je murmure en lui rendant son téléphone.

Elle baisse les yeux pour ne pas croiser les miens.

— Je sais.

Devant moi, Lisa rit aux éclats. Je l'observe et devine son regard espiègle derrière ses lunettes de soleil. Steph lui explique que le « petit cul » du parking est également le plus grand « trou du cul » de la caserne. Elles s'esclaffent. Et moi, je m'en veux terriblement.

Je suis une championne pour tenir des discours sur l'amitié et ses valeurs à Antoine et je n'ai pas su être présente pour elle. Je me sens coupable, et terrifiée. Car Lisa est notre roc. Celle qui s'est interposée entre Gérald le bouffon et moi en terminale, lorsqu'il m'a plaquée dans un coin le soir du bal du lycée. Celle qui a gardé Maya des journées entières pour que Steph puisse réviser son concours. Celle qui a tenu la main de sa sœur en salle de naissance alors que Philippe était retenu en Camargue lors de la venue au monde de Victor. Et si notre pilier s'écroule, alors nous allons toutes tomber.

— On est obligées de s'arrêter à Nantes ? questionne Maya en ôtant partiellement son casque. Avec le temps qu'il fait, je voudrais aller à la plage tout de suite !

Steph grogne et lui lance un regard noir dans le rétroviseur.

— On s'arrête, un point c'est tout. Ne commence pas.

L'adolescente lève les yeux au ciel et souffle en pianotant sur son téléphone. Je baisse les yeux sur le mien qui n'affiche que des notifications Facebook dont je me fiche royalement. Antoine est porté disparu. Recherché mort ou vif.

— Tu es sûre que ça va, toi ? s'inquiète Marion de me voir rivée à mon écran.

— Oui, je me fais un peu de souci pour Antoine, c'est tout. Il est parti de son côté avec un ami et ils doivent me prévenir dès qu'ils seront arrivés en Normandie.

Le regard de Marion s'éclaire.

— Oh, la Normandie ! On y est allés avec Philippe deux ans avant d'avoir Victor, il me semble, quel bonheur ! C'est magnifique ! Les plages du débarquement, le cimetière américain… Il va rentrer enchanté.

S'il rentre un jour.

— Je te crois volontiers, je réponds sans conviction.

— Vous avez fait la Corse ?

Centre équestre, mes fesses ! Elle doit être guide pour le Routard, en fait.

Le paysage défile à mesure que nous avalons les kilomètres sur la N165. Alors que nous approchons de Vannes, Maya demande encore une fois :

— On peut s'arrêter ? J'ai envie de faire pipi !

Nous la fusillons du regard. Je ne vais jamais tenir cinq jours avec cette gamine. Ses parents ont tout mon respect.

— Tu nous as déjà fait le coup à Quimper, râle sa mère, c'est quoi le problème avec ta vessie ?

Lisa se contorsionne sur son siège et ôte ses lunettes de soleil.

— Si tu mettais des jeans un petit peu moins serrés, tu n'aurais pas de cystite, ma chérie, lui lance-t-elle, on ne peut plus sérieuse.

Les rires envahissent l'habitacle alors que la petite nous regarde une à une d'un air dépité.

— Vous êtes jalouses, c'est tout ! nous nargue-t-elle.

Elle n'a pas tout à fait tort.

— Je m'arrêterais bien une minute, moi aussi, fait Marion, il faut que j'appelle à la maison.

— Téléphone d'ici, rétorque Lisa tout en changeant la station de radio.

— Sûrement pas ! Vous n'avez aucune idée des ondes que l'on prend dans le cerveau en utilisant son portable en roulant. C'est ce que l'on appelle l'effet « cage de Faraday », je l'ai entendu sur Europe 1. Ça te bousille les neurones ! C'est du suicide et les gens s'en rendront compte bien assez tôt.

Je lance un regard complice à Steph dans le rétroviseur. Marion est hypocondriaque, croit dur comme fer à toutes les théories du complot, les plus folles soient-elles, et élève ses enfants au gel hydroalcoolique et aux steaks de soja. Je ne serais pas surprise que son haras abrite un bunker.

— Ah, ben tu vois, Maya : tout s'explique ! taquine Steph en mettant le clignotant vers la droite.

— Très drôle, marmonne sa fille, son téléphone entre les mains.

Nous quittons momentanément la N165 et nous arrêtons à proximité de Vannes. Steph coupe le moteur, Lisa s'étire avant de descendre et Maya est déjà partie, de son côté, avant même que je n'aie le temps de faire coulisser ma portière.

— Ne t'éloigne pas ! lui crie sa mère.

La jeune fille galope vers les toilettes sans se retourner. Je profite de cet arrêt pour m'approcher de Lisa qui s'allume une cigarette.

— Tu veux passer devant ? s'enquiert-elle.

— Non, ça va, je suis bien derrière, on fait comme on a dit, on échangera nos places à Nantes.

Je m'appuie contre la portière avant et me lance :

— Je suis désolée d'être partie si vite au printemps, j'aurais dû rester un peu plus avec vous. J'ai eu tort.

Lisa recrache sa fumée de cigarette.

— Ça y est, ma sœur t'a tout dit ? demande-t-elle, le nez dans ses Victoria.

Je m'apprête à lui répondre alors que Marion, justement, hurle tout à coup dans son téléphone.

— C'est une blague ? Ne fais pas le mariole, Philippe. Dis-moi que tu plaisantes !

# Le parc de Beaulieu

Le parc de Beaulieu

[illegible]

# 9

Philippe, le mari de Marion, est un ange, une bonne pâte, un nounours au chocolat au lait. Un savant mélange entre Charles Ingalls et Tony Michelli. Ils se sont rencontrés au lycée, ces deux-là. Nous étions en terminale en pleines révisions pour le bac lorsque la timide Marion est arrivée main dans la main avec le gentil Philippe, délégué de terminale ES.

Lisa a recraché son Coca sur la table en bois de la cour. Quant à moi, je me suis contentée d'un sourire qui en disait long. Ils ne se sont plus jamais quittés.

À vingt-deux ans seulement, Marion a arrêté la fac de droit et ils ont réalisé leur rêve : ouvrir un centre d'équitation, une passion commune. À vingt-six ans, ils se mariaient au sein même de leur propriété. Marion est arrivée à cheval, évidemment. J'en garde un souvenir mémorable.

L'année d'après naissait Victor, puis Baptiste il y a un peu plus de deux ans. Marion et Philippe sont indissociables, pour nous, ils forment un tout. Ils sont l'image même de ces couples qui n'avancent qu'ensemble, qui s'étranglent tous les quatre matins pour mieux se retrouver le soir venu. Je les regarde toujours avec le sourire, avec envie, avec tendresse. Avec une profonde nostalgie aussi, car ils me rappellent tellement mes parents.

Depuis que nous sommes remontées dans le van, aucune d'entre nous n'ose ouvrir la bouche. Marion est toujours aussi furieuse contre son mari. Et on a toutes très bien compris ce qui se tramait. Steph est la première à rompre le silence.

— Ce n'est pas la fin du monde, tu as peur qu'il lui arrive quoi, à ton gamin ?

Explosion imminente. Mettez-vous tous à couvert !

— Je ne t'ai jamais donné de leçons quant à l'éducation de ta fille, il me semble, non ? lui rétorque Marion en levant un sourcil de l'écran de son téléphone.

— Écoute, si tu le prends comme ça, débrouille-toi ! renchérit Steph, les mains plaquées sur le volant.

— Ça va ! Silence, les mouettes ! On se calme, intervient Lisa en se retournant vers sa sœur. Cela dit, Steph a raison, elle ne va pas le noyer, ta voisine. Laisse-le vivre un peu, ce pauvre Victor !

Marion bout, tandis que je tente également de calmer le jeu.

— Relax, ma belle. Philippe est un père responsable, il ne mettrait pas en danger ses garçons.

Je suis persuadée que, dans son esprit tracassé, elle imagine son gosse revenir de sa sortie piscine avec la voisine couvert de verrues, sauvé de la noyade par le maître nageur à trois reprises, ou bien encore kidnappé par des orques qui auraient fait irruption dans le bassin en pleine nuit. Il a fallu que nous nous y mettions à trois afin qu'elle accepte de venir avec nous. Il y a encore quelques semaines, passer sept jours sans son mari et ses enfants était quelque chose de totalement inenvisageable. Philippe a dû insister et jurer ses grands dieux qu'il s'en sortirait à la perfection sans elle. Mais elle est comme ça, notre Marion, plus qu'une maman poule, si elle pouvait être une maman kangourou et les mettre dans ses poches pour tout contrôler, elle n'en serait que plus rassurée.

Elle me regarde, l'air contrit.

— Non mais Philippe est avec eux… Il a aussi emmené Baptiste.

Steph dodeline de la tête en signe de dépit. Je souris, me rendant compte qu'elle est encore plus grave qu'elle en a l'air.

— Eh bien, raison de plus ! Tu n'as aucun souci à te faire, dis-je.

Marion s'affale sur son siège.

— Si, justement ! C'est samedi, on est le 15 juillet, le centre doit être bondé et mon mari s'échappe pour la première fois depuis des années pour aller se baigner avec cette puterelle qui me sert de voisine. Et mes garçons.

Steph ne bronche pas, toujours cramponnée à son volant. Je me masse les tempes, ne sachant pas comment interpréter ce que je viens d'entendre. Maya ronfle, la joue collée contre la vitre et Lisa pense à haute voix :

— Aïe, on l'avait pas vu venir, ce coup-là.

# 10

*Nantes*
*Samedi 15 juillet 2017*

Nous voilà enfin arrivées ! Le plan initial était de ne pas s'arrêter depuis Brest. C'était sans compter les pauses pipi et Lisa qui a refusé de manger son sandwich dans le van.

— Si je mange en roulant, je suis malade, vous le savez bien ! a-t-elle annoncé vers treize heures.

Résultat, nous arrivons à Nantes alors qu'il est quasiment seize heures. Si on continue à ne pas respecter le planning, je jette l'éponge et prends le train jusqu'à Bordeaux.

— Terminus : tout le monde descend ! s'écrie Steph après avoir manœuvré (galéré) une dizaine de minutes pour garer notre imposant véhicule sur le parking bondé du parc.

— J'ai la dalle, fait Maya en nouant ses longs cheveux en queue-de-cheval.

Pareil.

— On se prend une glace et on la mange dans le parc ? je demande à la troupe.

— Vendu ! approuve Lisa en vérifiant son maquillage dans son miroir de poche.

Pendant que nous payons nos sorbets à l'italienne à la jeune fille de la camionnette, Marion fait toujours une tête de déterrée. Elle a bien dû envoyer cinquante messages à son mari, auxquels il n'a pas répondu. On ne peut pas se baigner avec la voisine et répondre à sa femme, il faut choisir !

— Laisse tomber, lui dis-je en passant mon bras sous le sien. Profite ! Vous en parlerez ce soir au calme.

— Tu as raison, me répond Marion en rangeant son portable dans son sac à main.

Je dis cela, mais je n'arrive pas non plus à me débarrasser de la boule d'angoisse coincée dans ma gorge depuis mon départ de Paris. J'ai même envie de lancer une alerte enlèvement.

Le jeune Antoine, trente-trois ans, un mètre soixante-dix-huit, a été vu pour la dernière fois rue du Chemin-Vert à Paris. Si vous le croisez avec son ravisseur inconnu, n'intervenez pas seul, mais prévenez immédiatement les secours.

Le parc de Beaulieu. Remettre pour la première fois les pieds ici depuis quatorze ans me prend aux tripes. Il y fait bien moins chaud qu'à l'été 2003, où nous étions là en pleine canicule. En revanche, les souvenirs sont intacts et les émotions toujours aussi vives.

Le parc de Beaulieu est situé sur l'île de Nantes, à la pointe de l'île même. C'est un jardin superbe, calme, reposant, qui s'étend à perte de vue, bordé par les bras de la Madeleine.

Je prends une longue inspiration et ferme les yeux. J'ai l'impression que c'était hier. J'entends encore nos rires d'adolescentes résonner dans les allées. L'insouciance, la jeunesse, les pétards apportés de l'immeuble des Deux-Saisons, les rires, le fourgon de Tonton Marcel.

— T'as tout ce qu'il faut ? me demande Lisa.

— Oui, dans le sac !

Nous partons toutes les cinq en direction de la pointe du parc. Maya visse sa casquette NY sur sa tête et nous emboîte le pas.

— Je ne peux pas vous attendre ici, les daronnes ? essaie-t-elle en désignant un banc à l'ombre.

— Non, tu viens ! impose Steph sans se retourner vers sa fille.

— Relou ! râle l'adolescente.

Le parc a changé. Les installations pour enfants n'étaient pas là, à l'époque, j'ai du mal à me situer. Heureusement pour nous, Steph a dû naître avec un GPS intégré.

— On y est, regardez ! s'exclame-t-elle au bout de quelques minutes de marche.

Face à nous, le pont de la Vendée se dessine, autour de nous, la Loire poursuit son cours. Nous nous arrêtons à l'endroit exact où nous avons pris la photo que tient Lisa dans ses mains, en juillet 2003.

— Qui compte ? demande Marion.

Maya regarde le groupe de jeunes assis près de nous sur une couverture, du rap crachant de leur enceinte Böse, et se cache sous sa casquette.

— Vous n'allez pas faire ça ? Moi, je me casse, vous me foutez trop la honte ! fait-elle en s'éloignant sur le sentier.

Steph lève un œil vers elle, s'apprête à lui parler, puis se ravise. Elle a raison, Maya ne risque rien.

— Je le fais, déclare Lisa en se positionnant au bon endroit.

Mon cœur bat la chamade et mes jambes tremblent. Marion vient se coller à moi alors que Steph surveille à la fois sa fille qui s'éloigne et Lisa qui avance en comptant à voix haute.

— Six, sept, huit…

Elle a pivoté d'un quart de tour, comme elle l'avait fait il y a quatorze ans, et tente de reproduire les mêmes enjambées. Nous sommes suspendues à sa voix qui résonne dans ce coin reculé du parc.

— Trente ! s'écrie-t-elle, les pieds dans les hautes herbes. Moment de vérité !

Toutes les trois nous approchons d'elle tandis que Steph lui ordonne de ne pas bouger d'un millimètre. Lisa se transforme immédiatement en statue.

— C'est impossible qu'elle y soit encore, me souffle Marion dans l'oreille.

Je n'y crois pas non plus, mais cela vaut le coup d'essayer.

Arrivée au niveau de Lisa, je sors la petite pelle empruntée à mon père et la plante juste devant ses pieds. Elle recule. Nous nous baissons toutes les quatre et retenons notre respiration.

— Vas-y, me lance Steph solennellement.

Dans notre dos, Maya joue les indifférentes mais revient tout de même voir ce qui se passe.

— Vous me faites peur.

— Va faire un tour, toi, si c'est pour venir nous embêter ! lance Marion sous nos regards stupéfaits.

Maya se tait dans la seconde.

Je creuse, tape avec le rebord de la pelle sur la terre dure comme de la pierre. Les filles m'aident avec leurs doigts. Enfin, Lisa fait semblant, elle. Je ne suis pas sûre de trouver quoi que ce soit. Même si on l'avait bien cachée et creusé assez profond, je doute que personne ne soit jamais tombé dessus.

Steph s'agace :

— T'as dû te planter en comptant !

— Mais pas du tout ! se défend Lisa.

Je pioche et tape soudainement sur quelque chose de dur. Un bruit métallique stoppe mon geste et me coupe la respiration. Autour de nous, la vie s'arrête l'espace d'une seconde. Puis j'enfonce ma main dans la terre.

— Je l'ai !

Tandis que je brandis fièrement, et non sans émotions, la petite boîte à tabac grise, rouillée et terreuse, Steph porte la main à sa bouche, stupéfaite.

— Ce n'est pas possible, murmure Lisa, abasourdie.

Marion fixe notre trésor, les larmes aux yeux. Je n'ose pas croiser son regard. Je me lève, fébrile, et me dirige vers la rive. Les filles me suivent en silence. Une fois assises face à l'étendue d'eau, je donne la boîte à Steph.

— C'est à toi de l'ouvrir.

# 11

Steph prend une longue inspiration et ouvre délicatement la boîte à tabac qui lui appartenait il y a quatorze ans.

— Vous êtes prêtes ?

Nous acquiesçons d'un signe de tête tandis qu'elle sourit en découvrant son contenu. Une feuille format A4 pliée à l'intérieur, qui n'attendait que nous… Mais pas si tôt.

*Le 8 juillet 2003*

*À nos nous de 2023,*

*Avant toute chose, si tu n'es pas nous et que tu as trouvé la boîte à tabac de Steph, repose-la tout de suite. Tu peux lire la lettre, rire un bon coup, nous laisser un petit message éventuellement, mais pose-la, OK ? Merci !*

*On n'aurait jamais dû se trouver à Nantes, jamais. Souvenez-vous dans le futur de faire une révision complète de votre véhicule avant d'entamer un périple entre filles. Cela vous évitera de devoir errer dans une ville inconnue pendant que Gérard, le mécano qui a eu pitié de nous, répare la valve de je ne sais pas quoi ! L'avantage, c'est qu'on a découvert ce super parc en suivant des mecs torse nu dans les rues de Nantes.*

*Ah oui ! Souvenez-vous de ne jamais suivre des garçons torse nu ! Nous avons vite déchanté quand ils ont retrouvé leurs copines dans ce parc de Beaulieu et que nous savons, à présent, que nous allons devoir nous taper le chemin inverse en pleine canicule.*

*Lisa a eu l'idée de laisser une lettre cachée que l'on viendra ouvrir ensemble dans vingt ans. (Si nos parents ne nous achèvent pas lorsqu'ils recevront la facture de Gérard.) On sera à l'aube de notre quarantième année (sauf pour Steph qui sera déjà sûrement en maison de retraite) et toujours aussi séduisantes ! Parenthèse pour moi-même : si tu es toujours en couple avec Philippe en 2023 et qu'il t'a fait trois enfants, j'ose espérer que tu rentres encore dans tes fringues d'aujourd'hui.*

*On a prévu de toutes écrire une prédiction pour le futur, en deux ou trois phrases, donc j'écris la mienne et je laisse la parole aux mouettes.*

*Nous sommes en 2023, je suis mariée avec mon Philippe d'amour et nous avons trois filles. Nous vivons dans l'ouest des États-Unis dans un ranch et j'ai fait le voyage exprès pour retrouver mes copines qui sont secrètement jalouses de moi.*

*Marion*

*Nous sommes en 2023, mon bébé d'amour, Maya, a presque vingt-deux ans, elle est étudiante en droit et revient chaque week-end rendre visite à ses parents. Pierre et moi avons eu un garçon en 2007, il s'appelle Clément. (Parce que, en 2003, j'adore ce prénom.) Je suis aujourd'hui commandant de gendarmerie et je mène mes coéquipiers à la baguette.*

*Steph*

*Nous sommes en 2023, j'ai toujours un corps de mannequin. Le petit Marlon, fruit de mes amours avec un chanteur mondialement connu, a aujourd'hui huit ans. Je suis l'attachée de presse de mon homme et, le soir venu, c'est lui qui m'attache.*

*Lisa*

*Nous sommes en 2023, après deux Molières et un Golden Globe, je rentre en France pour des vacances méritées chez mes parents. Ma mère m'a fait la surprise de réunir mes meilleures amies pour m'accueillir à la maison.*

*Noémie*

*Nous sommes en 2023, j'assiste, hilare, à la lecture de cette lettre par mes naïves de copines. J'ai envie de leur dire « Je vous avais prévenues ! », mais je préfère m'éloigner pour cacher mon fou rire et leur proposer d'aller boire une bière.*

*Charlotte*

Steph replie la lettre en silence et la replace dans la boîte avant de lever les yeux vers nous. Lisa se redresse et allume une cigarette en s'éloignant. Je cache mes larmes et mon mascara dégoulinant derrière mes lunettes de soleil. Marion renifle bruyamment et me tend la main.

— C'est elle qui a raison, allons se rincer la bouche !

« Vous vous souvenez de la capsule temporelle de Nantes ? Je ne sais pas pourquoi je pense à ça aujourd'hui.

Je me demande si elle y est encore. Vous irez voir ?

Ce qu'on peut être nulle lorsqu'on est ado. On se croit fortiche. On sait tout mieux que tout le monde.

En même temps, je donnerais n'importe quoi pour pouvoir attraper par le col la gamine que j'étais et lui expliquer certaines choses. Comme par exemple : ne pas coucher avec Julien Civet. Avec un nom pareil, j'aurais dû me douter qu'il allait me poser un lapin après avoir obtenu ce qu'il voulait. Je lui dirais aussi d'être gentille avec son père.

Je lui dirais de prendre sa sœur dans ses bras plus souvent.

Je lui dirais de ne pas quitter l'homme qu'elle aime pour celui qui lui plaît.

Je lui dirais surtout de jamais porter de vert. Jamais. Je ne supporte plus cette couleur.

Vous lui diriez quoi, vous ? »



# Sea, Sex and Seum

# 12

— Et si on passait la nuit aux Sables-d'Olonne ? demande Lisa en claquant la portière du combi.

Voilà autre chose.

Je laisse tomber ma tête contre le volant et ferme les yeux. Marion se tourne vers sa sœur, aussi dépitée que moi.

— Mais qu'est-ce que tu veux aller faire là-bas ? Ce n'est pas du tout ce qui est prévu !

Steph, assise à l'arrière entre sa fille et Lisa, approuve l'idée.

— Moi je suis partante ! On ne doit être à La Rochelle que demain, alors autant en tirer parti ! Qu'on dorme là ou ailleurs, profitons-en pour voir du pays.

— On y est allées avec les parents une fois, tu te rappelles, Marion ? C'était magnifique !

Sa jumelle acquiesce en silence et me regarde. Je conduis, je décide !

— Fais-moi un tracé sur Google Maps, s'il te plaît.

Marion pianote sur son portable et me le met sous le nez. Nous sommes à exactement une heure et vingt-deux minutes des Sables-d'Olonne. Il est presque vingt et une heures.

— Allez, on y va ! Mais je vous préviens, vous vous débrouillerez pour trouver un camping qui nous accepte en pleine nuit.

Après avoir remonté le parc de Beaulieu, nous nous sommes arrêtées dans un bar restaurant nommé *La Pointe*, ce qui est très judicieux lorsque tu es situé à la pointe de l'île de Nantes. J'étais si persuadée de ne jamais retrouver la boîte à tabac que je ne m'étais pas préparée à recevoir une gifle pareille. Les filles non plus, d'ailleurs. J'en ai encore la gorge nouée.

Comment pouvais-je prévoir à dix-huit ans que j'allais perdre ma mère quatre ans plus tard ? Voir écrits noir sur blanc, de la main de l'adolescente insouciante que j'étais, des rêves qui ne se sont jamais réalisés, ça fait mal. Très mal, même. Tu fais des plans pour le futur et, lorsque le futur devient du présent, tu te rends compte que tu ne rêves plus que du passé.

Évidemment, je savais que j'avais peu de chances de remporter un Golden Globe. En revanche, à cette époque, je croyais dur comme fer que les gens que l'on aime étaient éternels. La mort de ma mère m'a coupé les ailes. J'ai compris qu'il n'y avait rien à espérer. Nous avançons sur un échiquier géant où tous les coups sont permis, où l'on peut à tout moment perdre la reine et se retrouver seule pour protéger la tour.

Steph et Lisa ont commandé une bière. Marion, Maya et moi avons pris un Perrier menthe.

— Même à l'époque, on ne croyait pas une seconde à ce qu'on écrivait, s'est rassurée Lisa en tirant nerveusement sur sa cigarette.

— Finalement, je suis la plus proche au niveau prédictions ! a lancé Marion, fièrement.

On l'a toutes dévisagée par-dessus nos lunettes de soleil.

— Oui, c'est vrai que le mois dernier lorsque tes trois filles m'ont fait visiter votre splendide ranch au Texas avec leur accent américain, j'en ai pris plein la vue, l'ai-je narguée.

— Tu as bonne mine, toi, avec ton Golden Globe de Sarcelles !

— Stop ! On arrête, est intervenue Steph en tapant sur la table en verre tandis que Maya était morte de rire. On a ouvert cette boîte avec six ans d'avance, cela nous laisse encore le temps de faire quelques petits ajustements.

J'ai regardé Marion qui s'est mise à glousser comme une pintade et j'ai pouffé à mon tour. Le fou rire a ensuite contaminé la table tout entière. Je ne sais pas si c'était dû à la fatigue, la faim, aux désillusions, à la chaleur, au chagrin. Un peu tout à la fois, certainement. Mais il valait mieux en rire.

Je m'engage sur l'A83 en direction d'Olonne-sur-Mer. Depuis que j'ai quitté Brest, je ne conduis que très rarement. En fait, je n'ai même pas de voiture. À Paris, cela ne me servirait à rien et lorsque je rentre à la maison en train, je prends ensuite celle de mon père. Cela me fait bizarre de piloter cet engin : j'ai l'impression de passer mon permis poids lourd, avec pour monitrice une grande brune qui ne cesse d'aboyer dans son téléphone.

— Je n'ai jamais dit ça, Philippe. Seulement, je trouve déplacé que tu ailles à la piscine avec elle ! vocifère Marion en me jetant un regard exaspéré.

— Je croyais qu'on pouvait avoir le cancer du cerveau si on téléphonait en roulant, lance Maya qui n'en rate pas une.

Je me retiens de sourire et tente de me concentrer sur les malades qui osent rouler à cent trente kilomètres à l'heure sur l'autoroute. Sa mère lui fait signe de se taire.

— Chut, je veux savoir la suite !

— Ah mais c'est ma faute, en fait ? Quelle andouille, je suis désolée, je n'avais pas compris, ironise Marion.

Les deux autres, derrière, ont leurs têtes collées entre les sièges afin d'essayer d'entendre ce que dit Philippe. Lisa fait signe à sa sœur de mettre le haut-parleur. Marion fronce les sourcils et lui ordonne de reculer.

— Bon, écoute, tu m'agaces ! Les petits sont couchés ? Oui, OK, rappelle-moi demain matin. Oui, bisous.

Et elle raccroche. Quoi, c'est tout ?

— Alors ? questionne Steph.

— Je ne sais pas si les hommes sont tous débiles ou s'ils le font exprès. Je lui ai dit ce matin que je ne voulais pas que Victor aille à la piscine seul avec la voisine. Victor a fait tout un pataquès à son père, qui me dit que, pour le calmer – et pour ne pas me contredire, mais ça, c'est me prendre pour une godiche –, il a laissé notre employée au centre et est parti avec les petits se baigner, explique Marion en faisant de grands signes avec les mains.

— Ça se tient, je trouve, lui dis-je sans quitter la route des yeux.

— Attends, tu n'as pas bien compris, me coupe Marion, il y a deux possibilités. La première : mon mari profite de l'occasion pour aller reluquer la voisine en maillot de bain. La deuxième : il dit vrai et, pour qu'il puisse se libérer un samedi après-midi, c'est qu'on est vraiment, mais vraiment dans la panade avec le centre.

— Ça se tient aussi, renchérit Lisa avant de se caler au fond de son siège.

Personnellement, je mets un billet sur la deuxième option. C'est triste pour eux, évidemment, mais ils sauront rebondir si leur entreprise ferme. J'en suis persuadée. En revanche, je ne sais pas si seule Marion ne voit pas à quel point son mari est formidable. Je ne connais personne de plus attentionné et respectable que Philippe.

Dans mon schéma de la famille idéale, il y avait mes parents, bien sûr, mais il y a surtout Marion et Philippe. Si même eux, un jour, venaient à rompre, alors je pourrais dire officiellement que l'amour est une fumisterie. J'aimerais tellement pouvoir me disputer avec Antoine et raccrocher en lui disant « bisous ». Elle ne s'en rend pas compte, car on ne voit jamais ce que l'on a ou bien on s'y habitue tellement qu'on ne le remarque plus, mais elle a tout.

— Marion ? s'enquiert Maya qui semble revenir subitement parmi nous.

— Oui, ma puce.

— Tu es avec Philippe depuis le lycée, c'est ça ? Alors tu n'as couché qu'avec un seul mec dans ta vie ?

Assise au milieu, sa mère la dévisage, les yeux exorbités. Lisa et moi nous lançons un regard complice dans le rétroviseur.

— Oui, Maya, cela ne me dérange pas que tu poses cette question, c'est de ton âge, baragouine Marion. Euh, bien, oui, Philippe a été et restera mon seul partenaire.

— Respect ! Je ne sais pas comment tu fais, moi je ne pourrais pas, rétorque avec un naturel déconcertant l'adolescente, admirative.

« Les pompiers, j'écoute ? — Oui, bonjour, notre amie vient de se rendre compte que sa fille de seize ans est active sexuellement, elle nous a fait un malaise ! »

# 13

*Les Sables-d'Olonne*
*Samedi 15 juillet 2017*

Il est presque 22 h 30 lorsque nous arrivons aux Sables-d'Olonne. Lisa nous a trouvé en chemin un camping prêt à nous accueillir pour la nuit. Nous nous engageons donc Route de la Mer afin de nous rendre au Domaine de la Dune. Je suis soulagée d'arriver – nous n'en pouvions plus d'entendre Steph demander à sa fille toutes les dix secondes si elle avait un petit ami. Chose que Maya nie en bloc. Mon œil.

— C'est là ! C'est là ! Tourne, hurle Marion, nous faisant toutes sursauter.

— Oui, j'ai vu, c'est bon !

Je m'engage dans l'allée, Lisa et Steph descendent à l'accueil tandis que je laisse le moteur tourner.

— Alors, dis-nous tout, tu as un chéri ? je demande discrètement à Maya pendant que sa mère n'est pas là.

— Vous jurez de ne pas le dire à maman ? fait la jeune fille en nous menaçant de l'index.

— Promis, dit Marion, alors que je valide son mensonge.

La petite regarde dans tous les coins de peur que sa mère ne revienne et se confie :

— Je sors avec Noam depuis cinq mois.

— Qui est Noam ? interroge Marion.

— Le fils de Salim, le collègue de papa. Mais je fais croire à maman que je suis in love du petit voisin. Tu comprends, il a dix-huit ans, Noam. Comme ça, elle ne nous calcule pas et elle n'a pas le seum.

Les deux vieilles que nous sommes ne comprennent pas un traître mot de ce qu'elle raconte.

— C'est quoi, le seum ? fais-je, perdue face à leurs mots inventés.

— La haine, les boules quoi ! Chut, chut, elle revient.

Aux alentours de 23 h 30, je ne résiste pas à l'envie de joindre mon fiancé. Les secrets de Maya sur ses premières amours m'ont rappelé à quel point le mien m'agaçait de plus en plus.

« Vous êtes bien sur le répondeur d'Antoine Tissandier, laissez-moi un message et je vous rappellerai au plus vite. Bip…

— Antoine, c'est moi. J'ai compris que tu ne voulais pas me parler, que tu es atrocement vexé pour une raison qui m'échappe. Cela dit, ne fais pas le mort, pas avec moi. Dis-moi que tu vas bien et je respecterai ton silence. Envoie-moi au moins une preuve que tu es en vie. Bye. »

Maya pose délicatement sa tête sur mon épaule au moment où je raccroche. Je caresse sa joue avec ma main et observe les vagues se fracasser sur la jetée. Malgré l'obscurité, les lumières du port nous éclairent suffisamment pour que nous nous repaissions de la beauté du paysage. Steph, Marion, Maya et moi sommes assises sur une murette en pierre face à l'océan depuis une bonne demi-heure et ne pouvons nous résoudre à rentrer au camping. J'ai beau avoir grandi les pieds dans l'eau et le cœur nourri d'embruns, je ne me lasserai jamais de cette vue changeante et imprévisible tout le long de la côte.

Une fois installées au camping, la petite nous a cassé les oreilles pour aller voir la plage avant de nous coucher. Nous avons donc traversé un sentier mal éclairé, sur les conseils du gardien, qui nous a menées directement sur l'une des plus belles jetées de la ville. Elle a bien fait d'insister. Ce bruit m'apaise et les cheveux de ma filleule dans mon cou me réconcilient avec le monde.

Ils s'en sont drôlement bien sortis, Steph et Pierre. Maya est aussi attachante que pénible. Elle est « attachiante », voilà le terme à la mode qui lui correspond. Avoir cette petite personne dans mes bras, face à la mer, me renvoie des années en arrière. Du temps où sa mère et moi pensions conquérir le monde et imaginions que, avec notre seule volonté, nous pourrions tout accomplir. Parfois, je me dis que tout était écrit. Finalement, Steph n'a pas pris la mer, mais elle fait chaque jour le plus beau des voyages avec sa fille.

Alors que des mouettes passent au-dessus de nous, je serre Maya fort contre moi, presque sans m'en rendre compte. Celle-ci lève les yeux dans ma direction.

— Pourquoi tu souris ?

— Est-ce que tu sais pourquoi, les filles et moi, nous surnommons « les mouettes » ? Ta mère t'a déjà raconté ?

Steph tourne la tête vers nous pendant que Maya me fixe avec curiosité.

— C'est parce que ma mère ne cessait de nous demander de nous taire. Qu'est-ce que nous étions pénibles lorsque nous avions ton âge ! Des pipelettes qui avaient toujours un avis sur tout.

Steph éclate de rire et acquiesce. Maya boit mes paroles alors que je reprends :

— « Silence, les mouettes ! », fais-je en imitant la voix de ma mère.

— Mon Dieu, oui, intervient Steph. Qu'est-ce qu'on a pu l'entendre !

Je la regarde avec tendresse avant que Maya ajoute :

— C'est ouf comme vous vous connaissez hyper bien en fait. Moi, je n'ai pas vraiment de meilleure amie, comme vous deux. C'est dommage, déclare la petite en haussant les épaules.

J'entends presque le cœur de sa maman exploser en éclats. Le mien cogne aussi à tout rompre alors qu'elle perçoit notre chagrin.

— Vous n'allez pas pleurer quand même, si ? C'est bon, je ne veux pas vous faire pitié non plus ! C'est pas moi, c'est comme ça, c'est notre génération qui est différente de la vôtre, c'est tout.

— Différente en quoi ? demande sa mère.

— J'sais pas, ça va, ça vient les amitiés ! Avec les réseaux, on rencontre beaucoup plus de monde, je pense.

Je soupire.

— Et la société de consommation a même atteint les relations humaines…

Maya s'étonne et réplique du tac au tac :

— Mais pas du tout. Vous, vous piailliez et nous, on snape. En silence ! Ça vous va bien, en tout cas, les mouettes ! Elles crient fort, comme toi, maman, hein ?

— Morpionne ! lui rétorque Steph tandis que nous partons d'un fou rire.

Les vagues se fracassent sur la jetée et seules les lumières des bateaux nous éclairent. C'est beau comme dans un livre d'Hemingway.

— Elle nous embête pour qu'on s'arrête ici et elle va au lit comme les poules ! râle Marion, troublant la quiétude du moment.

Lisa n'a pas voulu venir avec nous. Elle a préféré se coucher afin de pouvoir aller courir sur la plage demain matin avant de repartir. Je ne vois pas en quoi cela dérange sa sœur, mais bon.

— Ensemble, vous vous écharpez, séparément, vous vous manquez ! lance Steph tandis que je valide en souriant.

— Je suis désolée, dit Marion, penaude.

— Il n'y a pas de mal, rétorque Steph en posant sa main sur son genou.

Maya n'a que seize ans, elle n'a pas besoin de savoir tout ce qui se passe dans nos vies déséquilibrées, cela dit, c'est le moment idéal pour en savoir plus sur la dépression de Lisa. Je vais tenter d'avoir une version light.

— Tu savais, toi, Steph, qu'elle avait été en arrêt maladie ?

— Lisa ? Oui, vaguement parce qu'on ne s'est pas beaucoup vues ces derniers temps, en fait, déclare-t-elle en levant le menton afin que Marion confirme ses dires.

Notre amie acquiesce.

— Je pense qu'elle a beaucoup pris sur elle. Et puis il a dû se passer quelque chose à son boulot, non ?

Marion hoche la tête pour confirmer une deuxième fois.

— J'ai surtout l'impression qu'elle prend aussi conscience que tout le monde avance, est en couple, etc., et qu'elle patine avec des imbéciles et un job qui ne lui plaît pas, explique-t-elle.

Avance, c'est vite dit…

Steph ouvre la bouche afin de donner son point de vue alors que quelqu'un arrive en reniflant bruyamment dans notre dos et nous fait sursauter.

— Lisa ? je lance en la découvrant en larmes derrière nous.

— Trois ans ! Je lui ai donné trois ans de ma vie à cet enfoiré ! nous explique-t-elle en se mouchant dans son Kleenex.

On la fixe, décontenancées.

— Attends, reprends depuis le début parce qu'on ne comprend rien là ! je réplique en lui faisant une place entre nous sur la murette.

— Mon patron… Je vous l'ai caché parce que je ne voulais pas être jugée, surtout pas par vous, mais je suis avec lui depuis presque trois ans. Je savais qu'il passait ses vacances ici, dans ce camping, je voulais lui faire une surprise, et…

— Tu vois quelqu'un depuis tout ce temps et tu n'avais pas l'intention de nous le dire ? s'insurge Steph. Ah bravo l'amitié !

Elle me sort les mots de la bouche. Je grimace dans l'attente d'une explication de la part de Lisa, qui ne tarde pas.

— Vous n'auriez pas compris, les filles… Surtout toi, Steph.

— Moi ? s'étonne-t-elle en écarquillant grands les yeux.

Oui pourquoi elle ? Soudainement, Steph porte la main à sa bouche. Elle a compris. Moi aussi. Pour notre amie, un engagement est quelque chose de sacré, que ce soit celui envers son pays, par l'uniforme qu'elle porte, mais encore plus celui envers son mari.

Tandis que Lisa, peu fière, nous raconte son secret, Steph tourne inconsciemment son alliance. Le genou de Marion, lui, gigote nerveusement contre le mien et je la devine bouillir intérieurement.

— Il avait promis que c'était fini, qu'il partait seulement avec ses enfants…

Marion dégoupille et lui coupe la parole. Je recule instantanément.

— Tu parles bien de ton patron, le directeur du supermarché qui est marié et dont les petits sont dans la même école que Victor ?

Lisa baisse les yeux comme une gamine prise la main dans le sac.

— Tu te moques de moi, Lisa ? C'est ça ? Tu es avec un homme marié et père de famille depuis trois ans ? Et tu nous fais venir jusqu'ici pour te rendre compte qu'il passe ses vacances tranquillement avec sa femme ?

Coincée au milieu des deux sœurs, je n'ose plus bouger. Steph, consciente du drame qui se joue, se lève et fait un signe de la main à sa fille afin qu'elle la suive.

— Qu'est-ce que tu veux que je te dise ? Tu ne fais jamais d'erreurs, toi ? s'écrie Lisa entre deux sanglots.

Marion, furieuse, descend à son tour de la murette, s'éloigne vers la plage puis se ravise :

— J'espère que t'as bien le seum, là !

Au beau milieu de nulle part

# 14

*Quelque part entre Nantes et La Rochelle*
*Dimanche 16 juillet 2017*

Je ne sais pas où je puise les ressources pour être aussi zen. Je ne me connaissais pas cette faculté à prendre autant sur moi.

Il m'aura fallu presque une heure pour rassembler tout le monde et les faire monter dans le van après que le gérant du camping nous a virées de son établissement. À ce rythme-là, on devrait normalement atteindre les côtes girondines dans six à sept ans. Pourquoi est-ce toujours à moi d'endosser le rôle de la maman de service ?

À mes côtés, Maya ne quitte pas des yeux l'écran de son portable et semble totalement hermétique à ce qui se passe à l'intérieur du véhicule. Elle lève un œil vers moi, hausse les épaules et retourne à son activité favorite depuis que nous avons quitté Brest : s'abrutir sur Snapchat. Les adolescents d'aujourd'hui sont une espèce qui me dépasse.

Dans le rétroviseur, je lance un regard désespéré sur les trois morues affalées sur la banquette arrière. C'est vraiment pas joli, l'alcool. Marion et Steph ronflent plus fort que le moteur de notre fourgon, leurs têtes collées l'une à l'autre. Lisa, c'est une autre histoire. Elle fixe le sol, les cheveux hirsutes, en répétant inlassablement qu'elle n'avalera jamais plus une goutte de rhum. Mais bien sûr.

Je suis à un doigt et demi de planter les filles sur le bord de la route et de continuer seule. À moins que je ne garde l'ado avec moi ?

Je tourne la tête vers Maya et ses Stan Smith remises au goût du jour.

— Quoi ? me balance-t-elle, le plus aimablement du monde.

Rectification. Je plante tout le monde en rase campagne et je les récupère au retour.

— Noémie ! hurle soudainement Lisa en tapant son genou contre mon siège, arrête-toi ! Vite !

Mon pied écrase la pédale de frein, faisant voler le smartphone de Maya sur le tableau de bord.

— Qu'est-ce qui se passe, encore ? je demande, passablement agacée.

J'ai à peine le temps de me retourner que je découvre l'ampleur des dégâts à l'arrière. Je le sens plutôt.

— Elle a vomi ! Beurk ! Marion a gerbé partout sur nos pieds, gémit Lisa.

Pour un peu elle en pleurerait.

Maya ouvre brusquement la portière du van et se rue à l'extérieur, prise de haut-le-cœur. Lisa en fait de même tandis que je l'entends courir sur le bas-côté et se vider de ses entrailles. Je coupe le moteur, sors du fourgon et assiste, dépitée, à cette scène surréaliste.

Nous sommes au beau milieu de nulle part, il est un peu plus de deux heures du matin, je cherche désespérément un endroit calme et sécurisé afin que nous puissions passer la nuit dans le van, et voilà ce qu'elles me font. Amies d'enfance, tu parles !

Steph dort paisiblement, se moquant de l'odeur pestilentielle qui envahit l'habitacle mais également de savoir qui s'occupe de Maya. Marion, après avoir vomi et, au passage, nous avoir certainement fait perdre la caution du camion, recouche sa tête sur l'épaule de Steph. Tout est normal. Lisa crache de la bile dans la nuit noire et insulte sa sœur. Maya pleure car elle a sali ses chaussures neuves et veut appeler son père afin qu'il vienne la chercher.

Je reste plantée debout plusieurs secondes, essayant quelques exercices de respiration appris lors de mes cours de théâtre.

— Noémie, on capte que dalle ici ! On récupère Lisa et on se barre de cet endroit. Vous me saoulez, les daronnes, avec vos conneries.

Maya termine son pétage de plomb et donne un coup de pied dans le pneu avant.

— Calme-toi ou je te fais payer la caution ! dis-je, aussi crédible que la première fois où j'ai joué Antigone.

L'adolescente lisse une longue mèche brune avec ses doigts, rumine quelque chose dans mon dos et attrape le paquet de cigarettes sur le tableau de bord.

— Ne fume pas, je te prie ! j'ajoute en m'approchant d'elle.

Maya m'adresse un sourire ironique et sort un briquet de la poche de son jean ultra serré. Je capitule.

— Passe-m'en une.

Alors que nous tirons sur nos cigarettes, adossées au capot, Lisa s'approche en titubant.

— On repart ou on nettoie d'abord ? demande-t-elle en s'essuyant la bouche d'un revers de manche.

Il faut que je ferme les yeux un instant. Nous avons loué ce sublime van Volkswagen California blanc depuis quelques heures à peine et il en émane déjà des effluves mêlés d'alcool, de vomi et de Narta.

Je suis fatiguée, j'en ai marre et je n'en reviens toujours pas de ce que nous a dit Lisa en rentrant au camping.

Après s'être pris une sacrée remontrance par sa sœur, elle s'est levée d'un bond, a séché ses larmes avec un Kleenex et a pris une décision que l'on pourrait qualifier de vraiment pourrie.

— Je vais me le faire, celui-là !

Steph, Maya et moi l'avons regardée, stupéfaites, s'éloigner d'un pas décidé en direction du camping. Jusqu'au moment où l'adolescente nous a fait redescendre sur Terre :

— Ça va partir en vrille, cette histoire !

Lisa était dans un état second, malgré nos tentatives pour lui faire entendre raison, elle a galopé en bougonnant entre les allées endormies du Domaine de la Dune. Nous trottinions derrière elle en nous préparant au pire.

Arrivées devant un mobil-home silencieux, nous avons tout de suite compris que nous allions avoir des problèmes. Elle s'est immobilisée devant la porte, nous nous sommes cachées derrière le gros 4 × 4 garé devant et… Rien. On a attendu, les traits crispés, mais Lisa n'a même pas frappé. Nous avons sorti nos trois têtes pour regarder ce qu'elle faisait. Elle revenait vers nous. La mine déconfite.

— Il a des gosses, je ne peux pas leur faire ça, a fait notre amie en nous rejoignant.

J'étais très fière d'elle.

En revanche, nous avons quand même eu des problèmes. Lorsque nous avons retrouvé notre van, Marion était installée à la table de camping. Elle avait déjà pas mal attaqué la bouteille de rhum.

Lisa s'est assise face à sa sœur, s'est servi un verre et l'a bu cul sec. Steph en a fait de même et sans que l'on comprenne pourquoi, une heure plus tard, les voisins étaient dehors à nous hurler dessus en allemand.

— Parlez en français, s'il vous plaît, a ordonné Steph alors que je ne savais plus où me mettre. Vous me faites mal à la tête !

Une improbable dispute de sourds qui a vite dégénéré. Jusqu'à ce que le gérant du camping, un grand sec aux faux airs de Dalí, se pointe et nous demande de quitter les lieux sous peine de prévenir la police.

— Vas-y ! a fait Steph, qui tutoie tout le monde lorsqu'elle a bu, je suis flic, moi aussi, tu ne me fais pas peur avec ta moustache !

Maya m'a aidée à remballer la troupe. Et nous voilà au milieu de nulle part.

## 15

La lueur du jour qui se faufile entre les vitres me force à ouvrir les yeux. À mes côtés, Maya dort paisiblement, les cheveux entremêlés autour du visage. Je radote, mais elle ressemble tellement à Steph au même âge. L'espace d'une seconde, j'ai l'impression de me retrouver en 1997 à l'immeuble des Deux-Saisons, lorsque nous passions nos samedis devant les séries de M6 et que nous dormions à deux dans son lit. On dirait que c'était hier et pourtant une éternité s'est écoulée depuis.

Après avoir réussi à caser tout le monde dans le combi, je n'ai pas cherché à aller plus loin. Nous étions entourées de champs et un petit sentier sinueux à une vingtaine de mètres n'attendait plus que nous.

Tant bien que mal, Maya m'a aidée à déplier la banquette arrière afin de la transformer en couchette. Nous avons poussé Steph, Marion et Lisa en position latérale de sécurité et j'ai attrapé la télécommande pour lever le toit escamotable. Épuisée, je me suis couchée près de l'adolescente qui n'a pas non plus demandé son reste pour s'endormir.

Au petit matin, éblouie par le soleil, je me frotte les yeux et bâille un grand coup avant de m'asseoir pour attraper mon portable au pied du lit de fortune. Je ne sais absolument pas quelle heure il est, mais il fait déjà extrêmement chaud dans le van. Maya gigote légèrement puis se tourne finalement de l'autre côté.

*« Je vais bien. Nous sommes arrivés en Normandie dans la nuit, ne t'inquiète pas pour moi. Ce break ne va pas nous faire de mal, nous parlerons tranquillement vendredi. Fais attention à toi. »*

Antoine m'a envoyé ce message il y a à peine cinq minutes, si ça se trouve c'est la vibration qui m'a réveillée plus que le soleil. Il est exactement 6 h 56. Je réponds aussitôt.

*« Je suis soulagée d'avoir enfin de tes nouvelles, mais je suis également très en colère. Après tout ce que nous avons vécu, je ne comprends pas que tu me traites comme ça. Bonnes vacances alors ! »*

J'envoie sans même ajouter un mot gentil. Ce n'est pas parce qu'il a l'air de s'être un peu calmé que je vais me laisser faire et passer l'éponge aussi facilement. Je reste quelques minutes immobile, le téléphone entre les mains. Peine perdue, il ne répond pas.

J'ai l'habitude de perdre les gens que j'aime. Cela dit, avoir l'habitude ne signifie pas que cela fasse moins mal. Mais je le garde pour moi, je serre les dents et j'attends que la violence du choc se dissipe un peu. Parce que, que nous le voulions ou non, tout s'estompe avec le temps.

Lorsque j'ai perdu ma mère, ce qui m'a le plus bouleversée, les premiers mois, ce n'était pas son absence.

J'étais habituée à vivre sans elle au quotidien. J'avais vingt-deux ans, j'étais une adulte et je vivais loin d'eux. Jeune, mais déjà responsable. Ce qui m'a détruite, c'était de ne pas savoir où elle était. Nous, nous étions encore tous ensemble, ici. Papa et moi continuions à évoluer dans notre univers, un univers certes bancal, triste et incolore, mais dans lequel nous étions toujours unis. Où était-elle, elle ? Voilà ce qui m'a obsédée durant des années.

Je ne pouvais pas concevoir, et je ne le peux toujours pas, que l'on puisse disparaître en un claquement de doigts. Que tout ce qui fait ce que nous étions ne soit plus. Ma mère était forcément quelque part et ça me tuait de la savoir seule. Elle qui ne vivait que pour nous. Je n'ai même pas eu le temps de lui dire au revoir, de mémoriser son visage et son rire une dernière fois. C'est atrocement dur de dire adieu à quelqu'un que l'on aime, mais ne pas pouvoir le faire est pire.

Il ne se passe pas une seule journée sans que je lève les yeux au ciel pour tenter de l'apercevoir. Certaines personnes ont du mal à évoquer le souvenir d'êtres chers, moi je n'ai jamais cessé de parler d'elle. Je resterai toujours sa mouette.

Lorsque j'ai rencontré Antoine, il m'a beaucoup apaisée. Lui est persuadé qu'il n'y a rien après la mort, qu'il faut donc vivre à cent à l'heure. Il disait que je m'angoissais pour rien : ma mère nous avait quittés, et c'était terrible, mais elle avait eu la chance de mener une existence pleine et heureuse, et il fallait se raccrocher à cela. J'ai appris à vivre en faisant un amalgame de nos deux façons de voir les choses. J'ai retrouvé le sommeil, mais je reste néanmoins convaincue que Maman nous attend, quelque part, et meurt d'envie en ce moment même d'enfiler son costume de Hulk pour coller une déculottée à ce blondinet qui fait souffrir sa fille.

Tâchant de me faire la plus discrète possible, je me faufile pour descendre de la couchette sans réveiller Maya. Cela dit, je pourrais bien lui jouer de la flûte dans l'oreille qu'elle ne bougerait pas d'un cil – elle a seize ans.

Steph et Marion dorment à poings fermés malgré la chaleur et l'odeur. Je ne sais pas comment elles font. En revanche, Lisa manque à l'appel. L'espace d'un instant, mon estomac se comprime de peur qu'il ne lui soit arrivé quelque chose.

— Je suis là, chuchote une voix à l'extérieur.

Je ne sais absolument pas où nous sommes mais une chose est sûre, j'ai un don inné pour choisir un emplacement au hasard en pleine nuit. Les champs de maïs s'étendent à perte de vue autour de nous alors qu'au bout du sentier sur lequel nous sommes garées il me semble deviner une piste d'atterrissage. Je place ma main en visière au-dessus de mes yeux afin de me protéger du soleil et de tenter de comprendre ce qu'est cet endroit. Lisa, qui s'est installée en short et débardeur sur une chaise pliante devant le van, me fait signe de venir m'asseoir à ses côtés. Je noue mes longs cheveux frisés en un vague chignon et tire une chaise.

— Salut, je murmure, encore endormie. Où sommes-nous ? C'est un aérodrome ?

— Presque, c'est une base ULM, répond Lisa en me désignant du doigt l'immense hangar de l'autre côté de notre véhicule que je n'avais pas vu en sortant. L'endroit idéal pour du camping sauvage.

Elle éclate de rire. Je lui donne un coup de coude.

— Moque-toi ! C'était ça ou la nationale.

— Pardon pour hier soir, Nono, s'excuse-t-elle en dévissant le Thermos de café. T'en veux ?

— Oui, merci ! C'est rien, je comprends. On a toutes eu une journée épouvantable, il fallait que ça pète.

Lisa trempe ses lèvres dans son gobelet fumant.

— Je vais demander une rupture conventionnelle en rentrant. Il sera obligé de me l'accorder, ce gros naze, et j'en profiterai pour voyager ou je ne sais quoi encore, commence-t-elle. Ce qui est sûr, c'est qu'il faut que je bouge, que je fasse quelque chose de ma vie et que j'arrête de m'accrocher à des tocards qui n'en valent pas la peine.

Je bois mon café et ses paroles sans la lâcher des yeux. Elle est si complexe, Lisa, mais tellement attendrissante. Marion se plaint toujours d'avoir dû grandir en étant sans cesse comparée à elle, que c'était difficile d'être la moitié d'une fille aussi belle, exubérante et charismatique. Pourtant, lorsque je regarde mon amie, je n'ai jamais été aussi persuadée que c'est elle qui a le plus souffert de leur gémellité.

Lisa est née la première, elle était bien portante et aussi rose que joufflue, tandis que Marion est arrivée chétive, blanche et a débuté sa vie en couveuse. Dès la naissance, leur mère a porté une attention toute particulière à cette petite fille qui ne partait pas aussi bien dans la vie que son aînée.

On a tout de suite mis dans la tête de Lisa qu'elle avait plus que sa sœur et qu'elle ne nécessitait donc pas autant d'attention que sa jumelle. Nul besoin d'être psychologue pour comprendre qu'elle a essayé de se faire remarquer à sa manière.

— J'ai trente-deux ans et plus beaucoup de temps à perdre. Je ne veux pas finir seule dans mon bureau sans fenêtres avec mes fiches de paie !

Je comprends et le lui dis.

— Je sais très bien ce que tu veux dire, je pense qu'on ferait mieux de quitter le pays ensemble ! Et je t'empêcherai de te remettre dans une situation pareille.

Lisa me toise, les sourcils relevés.

— Toi, tu ferais mieux de retrouver ton acteur et de préparer ton mariage. Arrête de vouloir vivre dans le passé, ce qui est fait est fait.

Je m'avachis dans ma chaise et inspire profondément tandis qu'elle m'achève.

— Tu sais, Antoine, ce n'est pas qu'il ne nous aime pas ou qu'il ne veut pas entendre parler de ta vie brestoise. Le problème est qu'il n'a pas de place dans cette vie-là ! Tu lui fais payer le fait qu'il n'ait pas connu ce temps que tu chérissais tellement… Mais, Noémie, ce n'est pas sa faute.

— Tu le connais à peine ! je réplique du tac au tac.

— Peut-être, mais toi je te connais par cœur ! J'écoute ce que tu dis, je suis attentive à tes joies et à tes peines, tu es plus que mon amie, tu le sais. C'est comme si tu bâtissais une barrière entre deux vies et je suis persuadée de ne pas me tromper en disant que cela t'arrange bien et que tu l'entretiens !

Ses mots sont si durs à entendre qu'ils me font mal physiquement. Ma gorge me brûle et mon cœur se serre à m'en étouffer. Je n'ose la regarder et scrute le sol, les larmes au bord des yeux.

— Je vis peut-être une histoire impossible avec un homme marié, mais, toi, tu vis avec des fantômes, et je te dis ça parce que je t'aime et que j'en ai marre de vous voir toutes faire semblant d'être heureuses.

Sa voix se brise alors que mes larmes coulent désormais. Elle passe ses deux index sous ses yeux afin d'essuyer les siennes.

— Je me suis autorisée à craquer, à avouer que je n'allais pas bien, c'est très égoïste, mais cela fait un bien fou. Tu vois, grâce à ce qui s'est passé hier soir, je viens de prendre le coup de pied au derrière qu'il me manquait pour me reconstruire, m'explique Lisa, un léger sourire aux lèvres.

Je reprends mon souffle avant de répondre.

— Ce n'est pas si facile, je n'ai pas ta force de caractère.

— Tu plaisantes ? Tu as quitté Brest toute seule. Tu as fait preuve d'un courage exemplaire lors de l'accident de ta mère. Tu t'es occupée de ton père en mettant de côté ton chagrin. Tu étais là ces derniers mois, tu nous as toutes soutenues sans jamais flancher… On est si admiratives de toi, Nono. Alors arrête de raconter n'importe quoi, s'il te plaît !

— Mais où sommes-nous ? Que s'est-il passé, hier soir ? demande Steph qui surgit dans notre dos, les yeux bouffis et la crinière hirsute.

## 16

*La Rochelle*
*Dimanche 16 juillet 2017*

En 2003, après être tombées en panne à Nantes, nous avions repris la route en direction de La Rochelle, gonflées à bloc à l'idée de nous rendre aux Francofolies. Imaginez notre déception lorsqu'on nous a annoncé que le festival était annulé. Eh oui, forcément cette année-là. Quand je vous dis que rien ne s'était passé comme prévu !

Quatorze ans plus tard, nous sommes bien décidées à profiter de cette superbe journée. Quoi qu'il advienne.

Il y a quelques semaines, Marion nous a réservé un emplacement de camping dans un établissement à quelques rues seulement des festivités. Nous y arrivons en début d'après-midi, nous installons confortablement et partons aussitôt flâner dans les rues du vieux port.

Maya cherche frénétiquement le Fort Boyard des yeux. Comme tous les touristes qui débarquent ici, j'imagine.

— Il est là-bas ! On y va ? Allez !

— On n'a pas le temps, Maya, lui répond sa mère en mettant sa main sur son front pour se créer une visière.

Je m'immisce dans la conversation.

— On peut certainement le prendre, non ?

— Non, rétorque Lisa sans détour. Si on n'arrive pas assez tôt à la grande scène, on sera tout au fond !

J'abdique et hausse les épaules en direction de Maya. J'aurai essayé.

— On a juste le temps d'aller manger un morceau et on y va, ajoute Marion qui range au même moment son portable dans son sac à main.

Le soleil tape fort sur le bord de mer en ce début d'après-midi, et la chaleur me fait un peu vaciller. J'ai soif, faim et je voudrais pouvoir m'asseoir à l'ombre sans plus attendre.

— Il a l'air sympa ce restaurant, non ? je demande aux filles en désignant la devanture de *La table du Port*, qui se tient devant nous.

Steph valide d'un « hum, hum », les autres semblent s'en moquer. Je les entraîne donc vers cette terrasse avec vue sublime sur les bateaux.

— Je pense que Philippe a compris la leçon et qu'il n'est pas près de repartir se baigner avec une autre femme de sitôt, lance Marion tandis que nous avons toutes les yeux rivés sur la carte.

Je salive à l'idée de commander une entrecôte saignante avec des frites bien grasses. Lisa ajuste ses lunettes de soleil dans ses cheveux à la façon d'un serre-tête avant de répondre à sa sœur.

— Avec ce que tu lui mets dans la tronche depuis hier au téléphone, le pauvre type, il va plutôt finir par fuir définitivement !

Et c'est parti…

— T'es enrhumée, Lisa ? demande Steph, très sérieusement.

— Pourquoi ? fait-elle, surprise.

— Tu dois certainement avoir le nez bouché pour ne pas sentir le danger venir à parler comme ça du mari de ta sœur !

Je ne peux retenir un large sourire.

— Tu es nulle, ma pauvre, fait Lisa, comprenant tout à coup la vanne.

Marion nous scrute tour à tour.

— Riez ! En attendant, je sais garder un homme, moi !

Bim.

— Steph aussi ! dis-je pendant que la serveuse s'approche pour prendre notre commande.

— Oui, mais Pierre ce n'est pas pareil, décrète Marion.

Steph cesse spontanément de gesticuler sur sa chaise et la fixe froidement.

— Vous avez choisi ? demande la serveuse.

— Attends, sois gentille, reviens dans cinq minutes, s'il te plaît, la coupe Steph, qui tutoie également les gens lorsqu'elle est énervée.

La jeune femme écarquille grands les yeux et tourne les talons en marmonnant. Elle va nous cracher dans les verres à coup sûr.

D'un ton toujours étrangement calme, Steph se tourne vers sa fille :

— Maya, va faire un tour un instant, s'il te plaît.

L'adolescente la toise avec une moue dédaigneuse.

— Tu veux que j'aille où ?

— T'as pas une copine à appeler ? Ou, tiens, va faire des selfies face à la mer. C'est joli, tu vas voir ! lui ordonne sa mère tandis que je peine à retenir un fou rire.

— T'es pas bien toi ! rétorque Maya en se levant, son portable à la main.

Steph se tourne à présent vers Marion. Lisa et moi ne pipons mot.

— Ça veut dire quoi « Pierre, c'est pas pareil » ?

— Ne t'énerve pas, cela ne veut rien dire du tout, c'est juste une façon de parler.

— Non, j'insiste, ça m'intéresse. Dis-moi ce que tu veux dire par là.

J'ai honte, mais je veux savoir, moi aussi.

— Disons que c'est un peu plan-plan entre vous, avance Marion. Vous n'êtes pas vraiment *le* modèle du couple fou amoureux, non ? Pierre, c'est plutôt le genre papy charentaises…

Lisa me donne un coup sous la table avec son genou. On pense la même chose. Steph va disjoncter.

— Et parce que nous ne nous engueulons pas toutes les cinq minutes et que je ne fais pas de crises bipolaires à mon mari, tu penses que nous ne nous aimons plus ? Tu fais partie de ces gens qui estiment qu'une relation doit forcément être passionnelle pour être belle ? J'ai envie de te dire, Marion, que c'est là que tu te trompes ! Je suis très heureuse avec mon pépère, comme tu dis, même s'il se promène en C15 et en bleu de travail toute la journée. Même si notre fille est grande et que nous avons fait le choix de ne pas avoir d'autres enfants. Et si je te donne l'impression de mener le monde à la baguette, sache que j'évolue dans un milieu d'hommes qui ne me respectent que si je leur fais croire que je suis aussi masculine qu'eux ! Ce qui ne m'empêche pas de devenir une femme sensible et amoureuse dès que je referme la porte de mon appartement.

Nous n'osons pas bouger un orteil. Steph ne s'arrête plus et pointe son index sur la table comme un avertissement.

— Je suis fatiguée des drames, tu comprends ? J'en vois tous les jours dans mon travail. Et après tout ce qu'on a traversé, ma famille et moi, je n'ai pas à m'excuser de vouloir mener une vie tranquille. Et j'en ai rien à foutre de ce que tu penses de mon mari !

Tous les touristes attablés autour nous dévisagent alors que la voix de Steph est montée de dix octaves. Je lève un œil vers Marion qui ne sait plus où se mettre.

— Et pour votre gouverne, les sœurs Brignoux, je suis tout sauf une nunuche qui n'a jamais couché qu'avec son mari dans sa vie ! Vous vous rappelez la semaine au ski en 2001, hein ? Eh bien, je me suis tapé votre frère pendant tout le séjour ! ajoute Steph, fière d'elle.

Bien. Bien.



# Le calendrier Maya

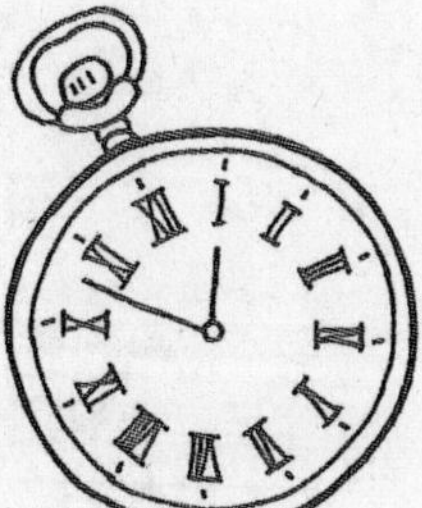

# 17

Je jurerais que la jeune femme à notre gauche vient de demander à son compagnon de se taire afin de connaître le fin mot de l'histoire. Je l'observe du coin de l'œil avant que le round 2 ne commence.

— Tu le savais, j'en suis sûre, m'accuse Lisa en se tournant subitement vers moi.

— Je te promets que non ! fais-je en levant la main droite.

Bon, d'accord, j'ai toujours eu un petit doute.

Steph replonge son nez dans la carte du restaurant comme si rien ne s'était passé et réfléchit à voix haute :

— Hum, je me ferais bien des fruits de mer…

De l'autre côté de la rue, Maya, en grande conversation téléphonique, ne se doute pas du cataclysme qui se joue autour de cette table.

— Stéphanie Le Mansec, regarde-moi ! lance Marion, le front plissé et le regard noir. Tu veux dire que la semaine dans les Alpes où nos parents t'ont gentiment invitée, toi tu en as profité pour séduire notre grand frère ? C'est ça ?

Marion se trompe. Et elle ne va pas tarder à le savoir.

— Je n'ai jamais dit ça, rétorque Steph, un sourire en coin. Ou bien une entrecôte…

— Mais tu viens de nous avouer que tu avais couché avec Florent ! s'agace Lisa en approchant son buste contre la table.

Steph pose la carte, s'avance également pour lui faire face et remue la tête de gauche à droite en signe de dénégation. Marion prend l'air horrifié et se cache les yeux avec les mains. Je guette la réaction de Lisa, qui ne tarde pas.

— Non !

Si. Si. Elle a bien compris. Et tous mes soupçons de l'époque viennent de se confirmer.

— Juju ? questionne Marion tout en grimaçant, de peur d'entendre la réponse.

Lisa se décompose, passe la main nerveusement dans ses cheveux pour les ébouriffer et ose d'une voix tremblante :

— Pas Justin. Ce n'est pas possible ! Il avait quoi ? À peine seize ans, alors que toi…

Lisa lève les yeux au ciel et compte à haute voix avant de prendre un air offusqué.

— Steph ! Tu me fais honte…

— Mais il était déjà très mûr et très doué pour son âge, balance Steph.

J'ai envie de rire comme jamais. Les sœurs Brignoux sont livides tandis que Maya s'approche de la table.

— C'est bon, vous avez fini vos cachotteries, les daronnes ? J'ai trop la dalle !

Le repas se déroule dans un calme déroutant. Les jumelles font la tête et n'osent pas parler devant Maya.

Steph triture les fruits de mer avec ses doigts. Et moi… Eh bien, je rame et lance des sujets de conversation auxquels seule la petite accroche.

Je n'ai jamais osé en parler avec elle, mais j'étais quasiment persuadée que Steph avait eu une aventure avec le petit Juju. J'avais surpris le jeune frère des jumelles, d'à peine un an leur cadet, sortir de la chambre de Steph au chalet alors que j'allais faire pipi tôt le matin. À sa décharge, il était déjà très grand et faisait plus que son âge.

J'ai voulu lui en parler, au début, mais elle a rencontré Pierre à notre retour et j'ai laissé tomber. Cela dit, j'en étais sûre. Noémie Holmes !

— Ma maman adorée, est-ce que je peux aller voir les concerts que je veux ce soir et tu me dis une heure, un endroit et je vous retrouve ?

Steph s'essuie la bouche avec sa serviette et sourit à sa fille.

— Tu es si mignonne, ma chérie. Bien essayé, mais c'est non.

Maya souffle et pousse son assiette de colère.

— C'est toujours pareil avec toi, je ne peux jamais rien faire. Papa aurait dit oui, lui !

— Peut-être, mais ton père n'est pas là et c'est moi qui décide, répond sèchement sa mère.

Face à moi, Marion envoie un texto en mangeant et Lisa ne cesse de dévisager Maya.

— Dis-lui, toi, que je ne risque rien, me supplie l'adolescente.

— Pardon, ma puce, mais sur ce coup ta mère a raison. Sais-tu combien de tarés se promènent dans ce genre de festivals ?

Visiblement, ce n'est pas la réponse qu'elle attendait de ma part.

— Pff, les relous ! Je peux aller aux toilettes seule ou tu veux m'accompagner ? lance-t-elle à sa mère par provocation.

— Vas-y, je vois la porte d'ici de toute façon, en rajoute Steph qui ne se démonte jamais devant sa fille.

Tandis que ma filleule s'éloigne, Marion saisit l'occasion pour poser son portable et le sujet brûlant sur la table.

— Je ne comprends pas que tu ne nous l'aies pas dit plus tôt !

Tiens, Marion la sagesse est de retour.

— C'est quelque chose d'assez difficile à avouer, non ? Même si j'aurais préféré vous le dire autrement, je suis soulagée que vous le sachiez enfin. Je suis désolée, les filles, ajoute Steph, visiblement embêtée.

— Ce n'est pas grave, dit Marion en lui prenant la main sur la table, j'ai été nulle aussi de parler comme ça de Pierre. En revanche, ce qui m'ennuie vraiment, c'est que l'on se cache des choses entre nous.

Elle dit cela en nous fixant chacune tour à tour. Je suis ses yeux et bloque sur Lisa qui semble ailleurs.

— Ce n'est pas ça qui m'ennuie, moi, intervient-elle subitement.

À ces mots, Maya revient s'asseoir et attrape immédiatement son portable sans se soucier de nous.

— Dis-moi, ma chérie, tu es née quand déjà ? questionne Lisa en ôtant ses lunettes de soleil.

— Le 12 novembre 2001, pourquoi ?

## 18

Il fait une chaleur à crever dans la fosse. Les odeurs sont pires encore qu'à la gare l'autre jour. L'espace d'un instant, je me demande vraiment ce que je fais ici.

Nous avons réussi à atteindre la grande scène Jean-Louis-Foulquier avant la cohue. Cela dit, à quelques minutes de l'entrée en scène du premier groupe, la place est désormais noire de monde.

Sur le trajet, nous avons parlé de tout et de rien. Chacune prenant soin d'occulter la question posée par Lisa avant que nous ne partions. On a très bien compris où elle venait en venir et, personnellement, je trouve sa supposition aussi déplacée qu'improbable.

J'ai vu le regard de Steph se voiler de tristesse lorsque Maya a répondu. J'ai vu ses traits se crisper à l'idée que quiconque vienne remettre en question la paternité de son mari. Je mentirais si je disais que cette hypothèse ne m'a pas traversé l'esprit, mais jamais je n'aurais osé la formuler. Encore moins devant la petite.

Cela ne tient pas debout, de toute façon. Si Maya ressemble trait pour trait à sa mère – de grands yeux bleus, une bouche charnue, des longs cheveux fins certes un peu plus foncés que ceux de Steph –, elle a en revanche hérité tout le reste de son père. De la démarche à l'humour, de la façon de parler à la nonchalance, cette gosse est le clone de Pierre.

Et quand bien même ne serait-il pas son père biologique ! Quelle importance ? Un père, c'est celui qui nous aime, nous élève, nous montre la voie, nous gronde, nous soigne, nous apprend à nager, nous fait confiance, nous connaît mieux que quiconque. Avoir ou pas le même sang n'entre pas en ligne de compte, le lien qui nous unit à lui est bien plus fort.

C'est donc passablement agacée que je croupis sous un soleil de plomb au milieu de milliers d'inconnus en sueur. Maya ne cesse de nous attraper une à une par le cou pour faire des selfies. Je souris pour lui faire plaisir, mais j'ai horreur de ça. Quel intérêt y a-t-il à prendre sa tête en gros plan, le regard de biais et le nez de travers ?

Un peu plus tard dans la soirée, l'adolescente s'est transformée en furie et saute partout, les cheveux collés par la sueur et le sourire greffé au visage. Big Flo et Oli ont été invités à rejoindre le groupe sur scène le temps d'une chanson. Et vas-y qu'elle filme au lieu d'apprécier l'instant… Pourquoi venir assister à un concert si c'est pour le regarder à travers un petit écran ? Au risque de passer encore pour Jo-la-rabat-joie, ça m'irrite plus que les rasoirs Gillette. Cela arrive en troisième position des choses les plus agaçantes, le numéro un étant les gens qui utilisent le mot « juste » à chaque phrase. Toi aussi, tu as « juste » envie qu'ils ferment leurs grandes bouches ? Et, en deuxième position, Antoine qui renifle pendant qu'on regarde Netflix. De manière générale, les renifleurs. C'est pour cela que j'ai toujours des Kleenex sur moi. Pour faire tourner, au cas où.

Je tente de chasser mes pensées négatives et de profiter du moment présent. Voilà. Ça, c'est bien.

Avant de mourir de déshydratation, je profite de la pause avant le prochain concert pour demander :

— Quelqu'un veut venir avec moi chercher à boire ?

— Je viens ! Il faut que j'aille aux toilettes, répond Lisa.

Les autres ne bougent pas afin de garder notre place honnêtement gagnée à coups de coude et de « pardon, nos maris sont devant, excusez-nous ! ».

— Deux Perrier et deux bouteilles d'eau, s'il vous plaît !

Lisa noue ses cheveux d'une main en s'éventant avec l'autre pendant que la jeune fille ne sait plus où donner de la tête à la buvette.

— Tu crois, toi, que Juju pourrait être le père de Maya ? me demande-t-elle.

J'ai bien l'intention de couper court à ce genre de spéculations.

— Écoute, s'il y a une chose dont je sois sûre, c'est que Pierre et la petite sont génétiquement liés.

Lisa fait une moue dubitative.

— Mouais, enfin avoue que les dates concordent tout de même.

— Merci, dis-je à la jeune fille en souriant avant de revenir vers Lisa. Arrête tout de suite ! Tu fais du mal à Steph. Imagine le bazar que tu pourrais remuer si Maya entendait ça.

— Je sais, répond-elle, mais finalement j'aurais trouvé cela plutôt cool.

— Laisse tomber ! fais-je en lui mettant les bouteilles d'eau dans les mains.

Lisa ouvre la voie en poussant façon rugbyman en pleine mêlée afin que nous puissions retrouver les copines. Je distribue les boissons et vide quasiment d'un trait la bouteille d'eau.

Vianney entre sur scène. Comme Antoine l'adore, je mets de côté mes principes le temps de prendre une photo. Elle est floue et mal cadrée, mais cela lui fera plaisir quand même.

*« Regarde un peu qui est en face de moi ! Bisous »*

Je clique sur « envoyer » et range immédiatement le téléphone dans mon sac bandoulière qui me détruit l'épaule gauche. Enfin, je profite. Je lâche prise, je chante, je ferme les yeux, j'applaudis à tout rompre.

Ces moments-là sont si rares qu'il faut absolument savoir les saisir. Ces morceaux de vie où tu n'es plus en représentation : seule, dans le noir, au milieu de centaines d'inconnus qui ne te voient pas. La musique est forte, je peux crier, sauter, me comporter comme une ado. Tout le monde s'en fout. Il n'y a que dans les concerts que tu peux tout te permettre.

Soudainement, les cris se taisent, il n'y a plus que lui et moi. Même si je sais que toutes les filles autour pensent la même chose. J'ai l'impression qu'il me parle et ses mots me transpercent.

Dans cette chanson, l'artiste parle d'une personne qui reproche à son compagnon de n'avoir jamais su comment l'aimer.

Antoine est là, assis sur la scène, il murmure les paroles et me regarde droit dans les yeux. Il m'appelle à l'aide, cherche à me faire réagir, mais je suis tétanisée. L'air me manque et ma poitrine me fait souffrir atrocement. Antoine baisse les yeux, se lève et sort, sans un regard vers moi.

« Je m'en vais ! » dit mon fiancé avant de disparaître.

Des larmes chaudes roulent sur mes joues tandis que je meurs d'envie de retenir ce mirage. Je comprends sa peine et sa douleur me frappe si violemment que je pourrais m'écrouler.

Six ans. Cela fait six ans qu'il fait partie de ma vie. Il est le visage rieur que je vois le matin, les mèches blondes dans lesquelles je me réfugie chaque soir, la patience d'ange qui me fait répéter mes textes à chaque crise de panique. Six ans qu'il tente de m'ouvrir les bras et le cœur et que je bats en retraite tout en activant le mode défensif dès qu'il s'agit d'avancer.

La vérité est que tout est parti en vrille depuis qu'il m'a demandée en mariage. On était loin, on était dépaysés, mon véritable moi était resté en France, mais il est revenu sitôt que nous avons passé la porte de notre appartement.

— Tes pieds sont à Paris mais ton esprit sera toujours à Brest, Noémie ! m'a-t-il dit récemment.

Mon cœur surtout. Mon monde, mon univers s'est confiné au cimetière Saint-Georges le 14 mai 2007. Le jour où on y a déposé le corps de ma mère. Le jour où j'ai compris qu'il fallait que je bâtisse un mur assez épais autour de moi afin de ne plus jamais connaître cette insupportable douleur.

— On n'aura jamais aucun avenir tous les deux si tu ne te pardonnes pas. Accepte enfin que ce n'est pas ta faute. Bientôt, je ne pourrai plus rien faire pour toi…

Je n'ai pas dormi cette nuit-là, lorsqu'il m'a dit tout ça. Une part de moi sait qu'il a raison, mais l'autre ne pourra jamais accepter que ma mère soit morte, un soir de printemps, en venant me chercher à la gare.

C'était un jour de grève, j'avais réussi à attraper un train au vol en me faufilant au milieu d'une famille nombreuse. Le père, un rugbyman à la carrure de Chabal, avait forcé le passage pour infiltrer sa femme et ses filles dans un des quelques véhicules en partance pour Brest. Nous sommes partis avec une demi-heure de retard mais partis quand même. Alors que nous approchions de notre destination, j'ai appelé ma mère afin qu'elle n'attende pas trop à la gare.

— Maman, c'est moi, je suis encore dans le train, je vais avoir un peu de retard, ai-je dit dans le combiné. Une vingtaine de minutes, je pense.

— Ce n'est pas grave, ma chérie, je dois m'arrêter prendre rendez-vous chez le coiffeur pour ton père, a-t-elle répondu d'une voix à peine audible, recouverte par le bruit du moteur et de l'animateur radio qui annonçait les informations.

— Super ! Maman ?

Je ne captais pas bien dans le train. Elle a cru que je ne l'entendais pas. Je suppose qu'elle a tourné la tête et quitté la route des yeux.

— Attends, Noémie, je baisse la radio !

C'était la dernière fois que j'entendais sa voix.

Vianney répète qu'il s'en va. Comme ma mère. Comme Charlotte. Et comme Antoine bientôt.

— Où est Maya ? hurle soudainement Steph.
Ah. Et comme Maya, aussi.

# 19

C'est la panique générale ici. Marion, Lisa, Steph et moi étions tellement absorbées par le concert que nous n'avons pas remarqué que Maya manquait à l'appel.

Vianney en rajoute en demandant au public de répéter après lui qu'elle n'est pas là. Je lui fais les gros yeux. Ce n'est pas le moment, franchement.

Le premier réflexe de sa mère est de l'appeler sur son portable. Vu qu'il est tout le temps greffé à sa main, c'est plutôt malin.

Steph nous fait signe de la tête que la petite ne répond pas. S'il n'est pas sur vibreur, avec le bruit qu'il y a autour de nous, c'est normal.

— Où est-ce qu'elle a bien pu passer ? fait mine de s'agacer sa mère pour dissimuler son angoisse.

Moi je vois bien qu'elle est morte d'inquiétude et cela se comprend. Les jumelles et moi-même sommes également au bord du malaise vagal.

Cela fait presque quinze ans que Steph est gendarme, elle est aujourd'hui adjudant-chef, je ne sais pas exactement à quoi cela correspond, mais je sais qu'elle a beaucoup de responsabilités et d'hommes sous ses ordres. Après être partie à la conquête des casernes de l'Ouest, elle est aujourd'hui relativement posée à Brest, où Pierre a enfin pu ouvrir sa propre entreprise de maçonnerie.

Je sais qu'elle est habituée aux situations dramatiques et fait alors preuve d'un sang-froid qui nous laisse toutes stupéfaites. Je suis très admirative de son courage et de sa pugnacité.

En revanche, tout ce qui touche de près ou de loin à sa famille, et d'autant plus à sa fille, lui fait perdre les pédales. C'est une Steph complètement paniquée et incontrôlable qui agresse les gens autour de nous.

— T'as pas vu une ado, cheveux longs châtains, yeux bleus, débardeur bleu marine et short en jean noir ? demande-t-elle à une pauvre fille en la secouant comme un prunier.

Elle tutoie aussi les inconnus lorsqu'elle est inquiète.

— Steph, calme-toi, on se sépare et on va la retrouver, OK ? lui dis-je en la prenant par les deux mains pour la forcer à me regarder.

Elle valide d'un hochement de tête silencieux. Je prends le contrôle des opérations.

— Chacune met son portable en vibreur dans sa main ! Lisa, tu pars à gauche, Steph à droite, je vais jusqu'à la buvette et, toi, Marion, tu restes ici au cas où elle reviendrait.

Elles m'écoutent sans broncher et nous voilà chacune parties de notre côté. Quand je pense que j'ai été recalée au casting de *Section de Recherches*... Ils ne savent pas ce qu'ils ont perdu !

— Ça va ? Elle est bonne ?

Maya se tourne vers moi, détache ses lèvres de son gobelet de bière et vire au rouge écarlate.

— Le dis pas à ma mère, s'te plaît !

*« J'ai trouvé la fugitive ! Elle est à la buvette ! On vous y attend. »*

Après avoir envoyé un message à mes troupes, je m'apprête à pourrir le soldat Maya.

— Ça va pas non ! On t'a cherchée partout ! Tu n'as pas idée de la trouille que tu nous as fichue.

L'adolescente me défie du regard. Je rêve !

— Je n'ai pas bougé d'ici. Je suis venue avec Lisa et toi, tout à l'heure, et je suis restée là. C'est tout.

Mon sang se fige dans mes veines. Mais je vais la jouer tranquille.

— Comment ça ? On ne t'a pas vue.

— Et pourtant j'étais juste derrière vous ! Vous avez même parlé de moi, tu ne t'en souviens pas ? me lance Maya avec aplomb.

Il ne manquait plus que cela.

— Maya, chérie, je ne sais pas ce que tu as entendu mais…

Elle me coupe en mettant son index devant moi.

— Galère pas, Nono ! Je sais que mon père est mon père. Mes parents se sont grave engueulés un jour par rapport à ça, Papa est parti et tout, la grosse embrouille ! Sauf qu'après Maman a fait faire un test de fécondité pour lui prouver qu'il était bien mon daron.

Je me retiens de rire. Elle continue :

— Enfin, moi, je n'avais pas besoin de ça. T'as vu les pieds que j'ai ? Les mêmes que lui. La misère !

— Comment tu sais tout ça, toi ? je lui demande, un sourire en coin.

— J'écoute aux portes, c'est tout, me répond Maya avant de reprendre une gorgée de bière. Et je sais aussi plein de trucs sur toi.

Tiens donc.

— Comme quoi ? Et pose cette bière.

— Si tu crois que je vais te les dire ! rétorque-t-elle avant d'avaler ce qui lui reste cul sec.

Zen.

— Pourquoi tu es restée au bar, alors ?

Maya écarquille grands les yeux et me regarde comme si j'étais demeurée.

— Ben pour lui. Regarde-moi un peu ce mec ! me fait-elle en désignant du menton Monsieur Muscle qui vide des palettes de canettes d'un fourgon pour alimenter la buvette.

Évidemment. Pourquoi toujours chercher des explications alambiquées alors qu'avec les ados les nuances n'existent pas ?

Steph déboule sur ces belles paroles et débite tellement de « je te jure », de « tu vas voir », de « alors là » et de « quand je vais dire ça à ton père » à sa fille qu'elle m'en fait mal à la tête. Monsieur Muscle lève un œil vers nous. C'est vrai qu'il y a de quoi faire le pied de grue au bar.

— Tu es insupportable, Maya ! Tu m'as fait peur, dit enfin Steph avant de prendre sa fille dans ses bras.

— Maman, c'est bon ! fait l'adolescente, les yeux rivés sur le bellâtre.

Marion et Lisa arrivent essoufflées. J'observe ma meilleure amie caresser les cheveux de sa fille qui se débat comme un ver.

Je ne peux pas m'empêcher d'être émue. J'ai vu cette tête à claques grandir sous mes yeux, je l'ai vue apprendre à marcher, à lire, à faire du vélo. Elle m'a raconté son premier jour au collège au téléphone. Elle m'a demandé des conseils d'actrice pour savoir comment réagir si sa mère trouvait des cigarettes dans sa chambre. Je n'étais qu'une enfant lorsqu'elle est née, et si elle continue comme ça, elle deviendra une adulte avant moi.

Steph essuie ses yeux rougis de maman rassurée et renfile immédiatement son masque de baroudeuse. Elle est comme ça, Steph, elle ne montre rien. Si Lisa est une fausse dure à cuire, Steph, elle, est l'incarnation de la force de caractère.

Parfois, on aperçoit une petite fêlure, mais elle détourne vite les yeux pour ne rien laisser paraître. Elle est celle qui console, celle qui gère, celle qui porte l'uniforme, qui représente l'autorité et la sécurité. Je sais qu'elle n'aime pas qu'on la sache faible, même moi.

Aussi, au mois d'avril, lorsque je l'ai vue accroupie au sol, le visage ravagé par les larmes et le chagrin, j'ai compris qu'elle avait vraiment besoin de moi.

« J'ai cette chanson de Jain en tête depuis que j'ai ouvert les yeux ce matin. Vous savez, celle où elle chante en je ne sais quelle langue.
Bref. Je n'ai pas grand-chose à écrire parce que je regarde un film hyper intéressant dont je ne connais pas le titre. Je l'ai pris en cours de route et la télécommande est tombée par terre, je ne peux pas la rattraper.
Attendez, je quitte "Notes" pour ouvrir "Safari" et je vous fais un copier-coller des paroles.
Je voulais vous la mettre aussi dans la tête.
C'est tout. »

« [illegible] cette chanson de don [illegible] récité [illegible] [illegible] ouvert les yeux [illegible] [illegible] [illegible] [illegible] chante [illegible] quelle langue.

[illegible] parce que je ne [illegible] intéressant dont je ne comprends pas la [illegible]. Le [illegible] est [illegible] par [illegible] ne peux pas [illegible] ?

Attendez [illegible]

[illegible] [illegible]

Je vous la montre aussi dans le livre.

C'est [illegible]

# Par tous les chemins

## 20

*Bordeaux*
*Lundi 17 juillet 2017*

Pour être très précise, nous sommes à Pessac, à quelques kilomètres à peine au sud de Bordeaux. Nous nous garons dans l'allée d'une villa cossue, avenue Aristide-Briand.

La nuit a été courte à La Rochelle. Nous sommes rentrées au camping aux alentours de deux heures du matin et n'avons que peu dormi. Nos voisins de campement ont amplement vengé les Allemands des Sables-d'Olonne. En même temps, un camping bondé de festivaliers d'une moyenne d'âge de vingt ans, à quoi pouvions-nous nous attendre ?

Nous étions, en revanche, prêtes à en découdre dès sept heures trente ce matin. Steph a réchauffé le café sur notre petite plaque de cuisson amovible pendant que Marion et moi installions la table et les chaises pliantes. Sommaire, mais drôlement bien fichu et équipé, le Volkswagen California !

Steph a traîné de force Maya à la boutique du camping pour nous rapporter des viennoiseries.

Nous nous sommes installées, l'œil collé et le cheveu négligé, afin de prendre notre petit déjeuner toutes les cinq.

— Attends, il manque un petit quelque chose, a dit Steph en rechaussant ses espadrilles pour regagner le van.

Nos regards ont suivi sa trajectoire. Elle a branché son portable en bluetooth sur l'enceinte miniature – mais étonnamment puissante – de sa fille et s'est retournée vers nous, fière d'elle. Imagine Dragons nous ont alors accompagnées pour notre trempage de croissants matinal.

Une jeune femme, l'arcade percée, a immédiatement passé la tête à travers la fermeture Éclair de sa tente Quechua et nous a fixées, l'air contrit.

— Un petit café ? lui a proposé Lisa, revancharde.

À notre grande surprise, la punkette a jeté un œil dans sa tanière puis nous a observées de nouveau.

— Mouais, allez !

Après avoir remballé toutes nos affaires et salué notre invitée du petit déj, nous sommes reparties pour l'avant-dernière étape de notre périple. Deux heures plus tard, Marion prenait la sortie 13 sur la rocade bordelaise en direction de « Pessac-Centre ».

Il est quasiment midi lorsque nous descendons, un peu vaseuses, de notre camion. J'ai l'impression de rouler depuis trois mois et de n'avoir dormi que dix minutes depuis que nous sommes parties de Brest. Lundi prochain, la maquilleuse va avoir du travail pour me faire ressembler à une déesse.

Antoine n'a pas répondu à mon message. Visiblement, la photo de Vianney ne lui fait ni chaud ni froid. Je range donc mon portable dans mon sac à main et le glisse sous le siège. Je ne vois pas l'utilité de le prendre avec moi si ce n'est pour attendre un sms qui ne viendra jamais.

Marion, elle, a la chance de parler à son mari :

— On y est, là, à l'instant ! Oui, bien sûr, je les embrasse pour toi. Mets le haut-parleur, vite ! Philippe. Vite !

Je claque la porte en souriant tandis qu'elle me regarde en levant les yeux au ciel.

— Bonjour, mes bébés ! Ça va ?

J'entends Baptiste baragouiner des mots dans une langue inconnue avant que Victor n'intervienne.

— Maman ? Baptiste, il a fait pipi dans la voiture et papa il a dit que c'était pas grave parce que t'étais pas là. Après, on a mangé chez mamie et il y avait tonton Juju et tatie Marine. Et tatie, elle a dit que c'était calme sans toi !

J'éclate de rire. Marion fulmine. Son fils continue sur sa lancée :

— Et, maman, je t'ai pas dit ! Je sais presque nager ! Cet après-midi, Nora va m'enlever un brassard.

Oh misère !

Marion coupe le haut-parleur.

— Passe-moi papa, mon chéri ! Oui, c'est super, je suis très contente, mon cœur. Je vous aime, les bébés. Oui ! Pas-se-moi-ton-père, insiste-t-elle.

Je vais peut-être faire semblant de fouiller dans mon sac alors que les trois autres sont déjà engagées dans l'allée de la maison.

— Philippe ! Qu'est-ce que tu ne comprends pas lorsque je te dis que je ne veux pas que mon fils aille à la piscine avec cette femme ? À moins que tu y retournes encore une fois, c'est ça ?

Où est donc passé ce truc que je fais semblant de chercher ?

— Mais je m'en fiche royalement qu'elle connaisse très bien le maître nageur ! Elle pourrait être la sœur de Laure Manaudou que je m'en tamponnerais le coquillard. Les cours gratuits ? Et tu ne trouves pas ça bizarre, toi, qu'elle s'arrange pour que notre fils ait des cours gratuits ? T'as du crottin dans les yeux ! Personne n'est gentil sans intérêt, Philippe. Personne !

Je ne peux pas rester plus longtemps, cela serait trop suspect. Je m'éloigne rejoindre les autres tandis que Marion enrage de plus en plus au téléphone.

Les grandes baies vitrées donnant sur la rue sont ouvertes, laissant les voilages clairs s'envoler vers le jardin. À cette période de l'année, surtout dans le Sud-Ouest, l'herbe commence à jaunir et les rares fleurs qui tiennent le choc semblent à l'affût du moindre tuyau d'arrosage. Il ne fait pas loin de trente degrés aujourd'hui et il est à peine midi.

Tandis que nous approchons de la porte d'entrée, Claude Le Mansec est le premier à nous accueillir. J'esquisse un sourire chaleureux lorsque cet homme, qui a toujours fait partie de ma vie, sort de son cabanon, un béret basque sur la tête.

— Et on ne dit pas bonjour à son vieux grand-père ? demande-t-il en s'approchant d'un pas lent vers notre groupe.

— Papy ! s'écrie Maya en lui sautant dans les bras comme si elle avait de nouveau sept ans.

L'homme, la soixantaine bien tassée, a un mouvement de recul avant de coller sa moustache sur la joue de sa petite-fille. Il faut dire qu'elle fait une bonne tête de plus que lui.

Maya lui prend la main et l'attire joyeusement vers nous.

— T'as chaud, papy ! Tu transpires, tu devrais arrêter le jardinage dès que le soleil commence à taper trop fort, lui conseille l'adolescente en lui reniflant les dessous de bras.

— Dis donc, morpionne ! s'amuse Claude qui lui pince l'oreille pour la faire rire.

À son tour, Steph embrasse pudiquement son père. Je les observe silencieusement, avec bienveillance et tendresse.

Claude a toujours été là pour nous. Bien que les parents Le Mansec aient déménagé en Gironde peu de temps avant le décès de ma mère afin de profiter de leur retraite dans le Sud-Ouest, ils n'ont jamais laissé tomber mon père. Claude a fait d'innombrables allers-retours pour soutenir ma famille dans cette épreuve. Il était là à l'hôpital lorsque nous avons débranché la machine qui maintenait le cœur de ma mère en marche. Il a porté dignement son cercueil. Il est resté des jours et des nuits sur notre canapé et il est le premier à avoir fait rire mon père de nouveau. Malgré son côté bourru et son physique de demi de mêlée, cet homme est une guimauve. Un mec bien. Comme sa fille.

— Noémie, ma chérie, comment tu vas ? me questionne-t-il en me prenant dans ses bras. Cela fait un moment que l'on ne t'a pas vue !

— Très bien, Claude, merci et toi ? osé-je lui demander timidement.

— Ça irait mieux si ton père, cette tête de bourricot, acceptait de venir passer quelques jours ici. Je lui ai même proposé de monter le chercher. Mais non, il a toujours quelque chose à faire. Quand la saison de foot est terminée, il faut préparer la suivante. On n'en finit jamais avec ses excuses !

On croirait entendre ma mère. Je souris et Claude lit dans mes pensées.

— Voilà que je parle comme ta mère, maintenant ! T'as raison, Maya, le soleil tape trop fort ici.

Après avoir embrassé les jumelles, il nous entraîne avec lui à l'intérieur. Elle est agréable, cette maison, claire, épurée, il y fait frais et l'odeur qui s'échappe de la cuisine nous rappelle que la génération de nos mères était quand même sacrément plus douée que la nôtre en cuisine.

— Ta mère arrive, dit Claude à Steph, elle est allée chercher des melons chez le producteur qui s'installe au carrefour là-bas, tu sais ?

Nous suivons toutes la direction de son doigt des yeux par réflexe stupide car il ne nous désigne, finalement, que le Kangoo des voisins.

— Asseyez-vous, les filles, je vais me laver les mains et je vous sers un apéritif.

Nous nous installons dans le salon où un joli bouquet de roses est disposé sur la table basse. Steph le soulève pour le mettre sur le meuble à côté du téléviseur. Maya s'éloigne vers le couloir qui mène aux chambres alors que Claude revient avec un plateau rempli de verres.

— Ne leur dérègle pas l'ordinateur ! prévient sa mère, puis à nous : la dernière fois qu'elle est venue, je ne sais pas ce qu'elle a fabriqué mais j'ai passé deux heures à remettre leurs favoris afin qu'ils n'aient plus qu'à cliquer dessus pour consulter leurs machins habituels.

— Oui, oui, promet Maya depuis la chambre.

Rien n'a vraiment changé depuis ma précédente visite. Seules de nouvelles photos de leurs filles ont été ajoutées dans un pêle-mêle à côté de la télévision. C'est à la fois étrange et agréable d'être ici. Même si j'appréhende un peu le repas, je sais que cela fait beaucoup de bien à Steph.

Tandis que Lisa et Marion parlent du cas Philippe, je pose ma main sur le genou de ma meilleure amie, qui a les yeux rivés vers le pêle-mêle.

— Ça va ?

Elle me regarde, l'air ailleurs et hoche la tête, au bord des larmes.

— Ça ira.

## 21

Martine Le Mansec est une petite bonne femme de moins d'un mètre soixante à la voix douce et à la permanente aussi rousse qu'impeccable. Si on les met l'une à côté de l'autre, il est impossible de savoir que Steph et elle sont mère et fille. Il paraît que ses oncles maternels sont tous des géants ayant joué en haut niveau au basket durant leur jeunesse. Ceci explique cela.

Une délicate odeur florale envahit le salon lorsque Martine apparaît, les bras chargés de melons.

— Eh ! Coucou, les filles, nous lance-t-elle tandis que nous nous précipitons pour l'aider.

— Dis donc, t'as dû en mettre du parfum pour que son odeur recouvre celle des melons, la taquine Steph en se dirigeant vers la cuisine.

— Bonjour, ma fille, je suis ravie de te voir, ironise sa mère qui nous adresse un clin d'œil.

Elle dépose la cargaison sur la table et se tourne vers nous.

— Bonjour, les plus belles ! Noémie, comment fais-tu pour être aussi mince ? On ne mange donc rien à Paris ? Lisa, toi tu as l'air d'être bien fatiguée, ma grande. C'est toi qui as conduit tout ce petit monde jusqu'ici ?

Lisa regarde furtivement son reflet dans la porte du four et tire sur ses cernes du bout des doigts.

— Marion, viens là que je t'embrasse ! Tu aurais pu emmener tes petits. Cela m'aurait fait très plaisir de les voir.

— Je sais, Martine, je vous promets de revenir très rapidement avec eux et Philippe, s'engage Marion en se libérant de son emprise.

Un petit bout de femme mais d'une énergie impressionnante.

— Mamie ! s'écrie Maya qui surgit dans notre dos.

— Ma louloute ! Arrête de grandir, mon amour ! lui fait sa grand-mère qui lui a déjà collé une empreinte de rouge à lèvres sur chaque joue.

Je lorgne sur les plats recouverts de papier d'aluminium sur la table et demande :

— Qu'est-ce qu'on peut faire pour t'aider, Martine ? Mettre le couvert ? Ouvrir les melons ? Dis-nous.

— Tout est prêt, les gazelles. Pour une fois que je vous ai toutes à déjeuner, j'en profite ! Claude vous a proposé quelque chose à boire ?

Le père de Steph nous appelle depuis le salon.

— L'apéro est servi !

Le repas s'est déroulé dans une ambiance relativement bonne et calme. La villa des Le Mansec est propice à l'apaisement. Martine est une grande adepte du feng shui. Lorsque nous étions au collège, elle avait même participé à un séminaire en Suisse. Les meubles sont clairs et orientés de manière à laisser circuler les énergies. Chaque chose est à sa place et Claude n'a pas intérêt à déplacer un objet sans l'aval de son épouse. Même la salle à manger a été savamment étudiée selon ce précepte. Face à moi, un élégant tableau représentant des fruits trône au centre du mur d'un blanc immaculé. En feng shui, si ces représentations sont reflétées dans un miroir, cela amplifie le flot énergétique et renforce apparemment le sentiment d'abondance. J'ai, évidemment, un large miroir dans le dos.

Marion a montré des photos de ses fils à Martine qui n'a cessé de s'émerveiller devant leurs frimousses. Lisa l'a complimentée sur son ris de veau particulièrement divin. Maya a expliqué à ses grands-parents ses projets pour la rentrée scolaire. J'ai donc appris qu'elle entrait en première STMG. Lisa l'a suppliée de ne pas choisir la comptabilité comme option si elle ne voulait pas avoir des poussées suicidaires. Steph a écouté son père lui détailler ses plans pour la véranda qu'il veut faire poser avant l'hiver. Martine m'a parlé un peu de mon père, elle aimerait qu'il vienne les voir plus souvent. J'ai promis d'intervenir en leur faveur.

Nous avons ensuite baissé les stores, afin de protéger la maison de la chaleur, avant de nous lever pour débarrasser la table. Claude a compté les doigts qui se levaient pour savoir combien de cafés préparer.

— Maya, tu es trop jeune pour boire du café. Baisse ce doigt ! a ordonné son grand-père.

— Mais, papy, je bois de la bière aussi, a répondu l'adolescente, comme si l'argument était convaincant.

— Et ton père est d'accord ? a fait Claude, un sourcil relevé.

— C'est lui qui m'en propose !

— Poh, poh, poh, a déclaré l'homme de la maison en balayant la réponse avec sa main.

— Ben, quoi ? C'est vrai ! nous a glissé Maya, une fois son grand-père dans la cuisine.

Steph lui a fait les gros yeux pour qu'elle se taise.

— Vous repartez tout de suite ? cherche à savoir Martine entre deux gorgées de thé.

— Combien de temps faut-il pour aller à Arcachon ? questionne Steph en regardant son père.

Celui-ci réfléchit en se frottant la moustache.

— En temps normal, une petite heure, mais en plein mois de juillet, comptez bien une heure trente avec les bouchons à La Teste.

Lisa jette un œil à l'heure en cliquant sur le bouton d'accueil de son portable. Je regarde par-dessus son bras. Il est quatorze heures trente.

— On ne va pas tarder alors, maman, dit Steph.

— C'est votre terminus ?

Je souffle doucement sur ma boisson et réponds à Martine :

— Oui, nous restons à Arcachon jusqu'à vendredi matin puis on remonte direct à Brest.

Claude touille sa tasse sans discontinuer et nous prévient :

— Vous allez avoir du monde. Arcachon, c'est bien en juin, mais l'été… Pfiou !

Le père de Steph secoue sa main droite énergiquement de haut en bas pour ajouter le geste à la parole.

On fera avec, que veux-tu !

Martine se lève et replace toutes les tasses vides sur le plateau.

— Noémie, tu viens me donner un coup de main ?

Je saisis immédiatement le message. Les autres ne sont pas dupes, elles non plus, mais font comme si de rien n'était.

Une fois seules dans la cuisine, Martine dépose la vaisselle sale dans l'évier. Je m'installe à ses côtés et demande :

— Tu veux qu'on les lave à la main ?

— Quelle idée ! Je suis vieille mais je connais cette invention magique qu'on appelle un lave-vaisselle, ma grande.

Je souris. Elle me fait signe de la suivre.

— Viens, j'ai quelque chose pour toi.

Dans le salon, les filles sont en grande conversation au sujet de notre van qui intrigue tant Claude. Depuis cet angle de la maison, de toute façon, personne ne peut nous voir emprunter le couloir.

Martine pousse la porte d'une des trois chambres de leur villa, j'entre presque sur la pointe des pieds. Elle ouvre le premier tiroir d'une grande commode et en sort une boîte à chaussures Little Marcel ayant très certainement appartenu à Maya.

— Assieds-toi, me dit-elle en tapotant l'édredon du lit à deux places parfaitement propre et lisse.

Je m'exécute sans rien dire. La mère de Steph me sourit aimablement, presque gênée, elle aussi, et s'assied à son tour. Délicatement, elle ouvre la boîte et en sort un téléphone portable. Que je reconnais aussitôt.

Ne pas pleurer. Serrer les dents. Inspirer profondément. Je me répète cela comme un mantra. Ne pas pleurer. Serrer les dents. Inspirer profondément.

Martine le sort, avec les plus grandes précautions du monde, comme si cet iPhone rayé à la coque transparente et abîmée s'était transformé en un bijou précieux, orné d'or et de diamants. Elle me fixe à présent, le regard empli à la fois de fierté et de détresse.

Ne pas pleurer. Serrer les dents. Inspirer profondément.

— Elle m'a fait promettre de te le donner, murmure-t-elle sur le ton de la confidence. Elle a aussi laissé ce petit mot en me répétant bien que c'était pour Noémie et pour personne d'autre.

— Mais… Et Steph ? C'est sa sœur, c'est à elle de l'avoir.

— Mes filles s'étaient mises d'accord, Noémie. Prends-le.

Martine sourit. Je déglutis péniblement en attrapant le papier tandis que mes mains tremblent involontairement. Je n'ose pas, en revanche, toucher au téléphone. Après une longue hésitation, je déplie la feuille.

Ne pas pleurer. Serrer les dents. Inspirer pro… J'ai à peine lu trois mots que je fonds en larmes. La mère de Steph ouvre grands ses bras et je m'y réfugie. Je sens l'humidité de sa joue dans mon cou et je m'en veux, je ne devrais pas, ce n'est pas à elle de me consoler.

— Je suis désolée, Martine, parviens-je à dire entre deux sanglots.

— Je sais, ma chérie. Je sais bien. Tu n'es pas obligée de le faire, tu sais, dit-elle en caressant mon visage déformé par le chagrin.

— Je ferais n'importe quoi pour Charlotte.

# 22

Maya soulève presque sa grand-mère de terre pour lui dire au revoir.

— Ma louloute, tu vas me faire un tour de reins ! On se revoit en août, de toute façon.

Steph intervient :

— Maya ! Laisse mamie tranquille. Oui, Pierre est en vacances le 4 au soir, on sera là dès le lendemain.

— Au revoir, les filles, soyez prudentes avec cet engin ! fait Claude en refermant le coffre du van qu'il vient d'examiner sous toutes les coutures.

Nous embrassons les parents de Steph à tour de rôle et les remercions pour leur accueil. Je glisse ma main sous le siège arrière pour en extirper mon sac à main et passe la lanière par-dessus mon épaule.

— Noémie, je compte sur toi pour bouger les fesses de ce vieux Daniel afin qu'il vienne passer quelques jours ici.

— Je te promets qu'il va venir, Claude, même si je dois le conduire moi-même !

Martine Le Mansec s'adresse à présent aux jumelles :

— Embrassez bien vos parents et dites-leur encore que je les remercie pour les fleurs ! C'était très aimable de leur part.

— Nous n'y manquerons pas, rétorque Lisa, tout sourire.

— Et vous avez failli partir sans que je vous raconte que j'ai vu votre frère, le petit, il y a un peu plus d'un mois, ajoute Martine. Il était tout beau, avec sa compagne, il me disait qu'ils rentraient des États-Unis et qu'ils allaient au mariage de sa meilleure amie au château de Bailly, c'est seulement à quelques kilomètres d'ici. On l'a croisé où, hein, Claude ?

Le père de Steph pose ses mains sur ses hanches.

— À la cave, lorsqu'on est allés chercher le vin pour les Millésimades !

— Exactement. À la cave ! Tu penses que je l'ai reconnu immédiatement ! Vous avez tous la même tête dans la famille, continue Martine.

Marion réfléchit et m'interroge du regard. Je n'ai pas de réponse à lui fournir. Désolée.

— Qu'est-ce qu'ils fichaient à Bordeaux, tous les deux ?

Lisa a un éclair de génie.

— Mais si ! Je sais. On est stupides, fait-elle à sa sœur. Sa copine Léo s'est mariée ici avec le docteur de Barcelone là, tu sais ?

— C'est vrai, se souvient à présent Marion. Excusez-nous, Martine, je ne voyais vraiment pas ce que Juju et Marine pouvaient faire ici ! Ils ont quitté le Sud-Ouest depuis un bon bout de temps maintenant.

Une fois installées dans le véhicule, nous adressons toutes un signe de la main aux parents de Steph pour leur dire au revoir. Steph klaxonne deux petits coups. À l'arrière, Maya sort la tête par la vitre pour envoyer des baisers à ses grands-parents. Les jumelles, assises à ses côtés, remettent déjà le cas Philippe sur le tapis. Sur le siège passager, je regarde avec tendresse dans le rétroviseur et souris au couple qui ne me voit déjà plus. J'observe leurs silhouettes devenir de plus en plus petites avant qu'elles ne disparaissent totalement.

— Il y en a une qui pue des pieds, là ! s'insurge Maya en mimant le dégoût.

Nous baissons toutes la tête en reniflant pour vérifier.

— C'est moi ! s'écrie Steph comme si elle avait gagné au loto. Et comme je conduis, je ne peux pas me déchausser : vous allez devoir rester en apnée jusqu'à Arcachon.

Les trois autres, derrière, grimacent et ouvrent les vitres en grand. Steph me fait un clin d'œil complice. Je ris. Et je m'aperçois que son regard glisse furtivement sur mon sac à main posé sur mes genoux, que je serre comme si ma vie en dépendait.

Je sais qu'elle sait. En revanche, je ne sais pas si elle sait tout.

Lisa, Marion et Maya chantent à tue-tête par-dessus la radio. Mes yeux font des va-et-vient entre elles et Steph qui conduit, imperturbable. Je les ferme un instant et me cramponne encore plus à mon sac. Qui se met à vibrer.

# Les râteaux de sable

## 23

*Arcachon*
*Lundi 17 juillet 2017*

— Ton père nous avait prévenues pour les bouchons à La Teste, fait Marion en s'amusant à ouvrir et à refermer sa vitre.

Steph soupire et tapote nerveusement le volant. Devant nous, une file impressionnante de voitures attend son tour pour enfin accéder au rond-point qui mène à l'océan.

De part et d'autre de Marion, Lisa ronfle et Maya pianote sur son téléphone. J'ai également le mien entre les doigts depuis que nous avons quitté Bordeaux. J'ai lu, relu et encore relu le message d'Antoine sans arriver à prendre conscience de la portée de ses mots.

*« Je sais tout, Noémie. Le docteur a laissé un message par erreur sur mon portable. Je sais que tu arrêtes ton traitement. Je le sais depuis plus d'une semaine déjà. Et que tu ne m'en aies pas parlé… Je ne comprends pas. Je ne te comprends pas. Arrête avec tes messages et tes photos, laisse-moi digérer tout ça. »*

J'ai essayé de le rappeler dans la seconde.

« Vous êtes bien sur le répondeur d'Antoine Tissandier, laissez-moi un message et je vous rappellerai au plus vite. Bip… »

Steph m'a demandé si tout allait bien. Je lui ai répondu brièvement que ce n'était pas très important. En meilleure amie qui se respecte, elle a fait semblant de me croire et a vu dans mes yeux que je n'avais pas envie d'en parler. Du moins pas pour l'instant.

Nous avons toujours fonctionné ainsi, Steph et moi. On se comprend sans se parler. Avec Antoine aussi d'ailleurs, cela en est presque troublant. Dès qu'il franchit la porte de l'appartement, je sais immédiatement s'il a passé une bonne journée ou non. Quant à lui, on dirait qu'il lit dans mes pensées. Il pose une couverture sur mes jambes sans que j'aie eu le temps de frissonner. Il commande à emporter quand il devine que je termine tard. Il remplace mon flacon de parfum avant qu'il ne soit terminé. Il rit à mes blagues minables alors que je n'ai pas fini de les raconter. Et cette fois-ci, il n'a rien vu.

Tout se bouscule et s'assemble dans ma tête. Son attitude, sa fuite, sa colère, son silence. Il va falloir que j'assume, je n'ai plus le choix.

Comment peut-il croire que je veuille lui cacher quelque chose d'aussi important ? Moi qui voulais seulement prendre un peu le temps de m'évader avant de lui apprendre la vérité. On a tellement souffert. J'ai tellement souffert !

Cette maladie me bouffe, me ronge, me détruit la vie depuis tant d'années. Je devrais avoir le droit de garder mes décisions pour moi, et moi seule, au moins quelques jours. Une semaine de répit, c'est tout ce que je demande.

Je comprends à présent pourquoi le fait de savoir que je partais avec les filles l'a rendu fou. Il doit être persuadé que je leur en ai parlé. Il se trompe sur toute la ligne. Personne ne sait. Excepté ma mère, mais je sais qu'elle ne le répétera pas. Je suis en colère, cela dit je me mets à sa place et je souffre à mon tour.

Antoine a récupéré une épave il y a six ans. Une pauvre fille, allongée sur le divan d'un psy deux fois par semaine, qui n'arrivait pas à se pardonner la mort de sa mère. Il a aimé cette fille, l'a soignée du mieux qu'il a pu, lui a redonné le sourire et un soupçon de confiance en elle. C'était trop beau, ce happy end qui se profilait.

Le destin a vite revêtu ses plus beaux habits de charognard. Et cela fait quatre ans aujourd'hui qu'Antoine me tient la main à chaque examen, se plie en quatre pour que je ne flanche pas, essaie de garder sa colère pour lui et tente d'accepter les dommages collatéraux des coups bas que nous fait la vie.

Plus d'une fois, je lui ai dit qu'il pouvait partir, que je comprendrais si la situation était trop difficile à accepter pour lui. Ça le mettait hors de lui, et il me disait que plus je chercherais à le faire fuir, plus il resterait scotché à moi. Cela me faisait sourire et m'apaisait profondément. Chacun arrive avec ses casseroles dans un couple – moi, je suis arrivée dans sa vie avec toute la batterie de cuisine de Philippe Etchebest.

Toujours est-il que ces derniers mois, je n'avais plus la force de me battre. J'ai baissé les bras et accepté qu'à un moment donné il fallait savoir déposer les armes.

Antoine n'aurait jamais été d'accord avec moi, lui, l'éternel optimiste. Il aurait fait un excellent coach en développement personnel.

Je me souviendrai toujours de sa réaction lorsque le médecin nous a reçus, il y a quatre ans.

— Je sais précisément ce qui vous arrive, mademoiselle.

Antoine a serré ma main très fort sous le bureau. Le docteur a continué :

— Vous souffrez d'endométriose, c'est une maladie qui touche environ une femme sur dix mais à des degrés variables. Cela dit…

Il fallait bien qu'il y ait un « cela dit » !

— Cela dit, vous avez développé une forme sévère de la maladie.

C'était la première fois qu'on me parlait d'endométriose. Jamais personne n'avait posé de diagnostic sur les douleurs qui me pliaient en deux depuis l'adolescence. Ma mère disait que j'avais, hélas, des règles plus douloureuses que la moyenne. Après sa mort, ma psy me répétait qu'il ne fallait pas sous-estimer la puissance de notre subconscient sur le corps. J'avais fini par me persuader qu'elles avaient raison. Je ne savais pas ce que c'était avant, et je ne savais pas non plus que je n'entendrais plus parler que de cela après.

— On estime que 30 à 40 % des patientes souffrant de cette pathologie connaissent des problèmes de fertilité, ce qui est votre cas, malheureusement. Mais rassurez-vous, des solutions existent. Nous pouvons commencer par une stimulation de l'ovulation…

Antoine ne cessait de me regarder, un large sourire aux lèvres. Je n'en revenais pas, il était content, lui.

Il a retenu : solutions, fertilité, ovulation. J'ai retenu : problèmes, malheureusement, stimulation.

On a tout essayé. Et nous n'avons pas eu, en quatre ans, le moindre rapport sexuel qui soit spontané. On a compté, calculé, réfléchi. J'ai eu droit à tous les traitements du monde. Nous avons même été jusqu'à la fécondation in vitro. Deux fois. Sans succès. La prochaine étape était l'opération, programmée initialement pour la rentrée.

Cela faisait longtemps que j'avais compris. Antoine, quant à lui, ne baisse jamais les bras, pour rien. Quitte à en oublier l'essentiel. Nous.

# 24

*Plage Thiers*
*Arcachon*

Qu'est-ce que j'aime cet endroit ! Je pourrais passer ma vie ici. Souvent, je me demande pourquoi nous nous obstinons à parcourir le monde en quête de paysages somptueux, alors que la France a tellement de trésors à nous offrir.

Le dos bien calé contre notre montagne de sacs transformés en dossiers de chaise, j'observe le flot de touristes sur la jetée. Certains sont en maillot de bain et lunettes de soleil, d'autres attendent d'embarquer avec leurs grosses valises et leurs enfants accrochés aux bras pour le Cap-Ferret.

Entre les excursions pour l'île aux oiseaux, les navettes transbassin ou encore les balades à thème, j'assiste à un incessant chassé-croisé de bateaux.

— Tu peux me mettre de la crème dans le dos ? demande Lisa, me tirant de mes pensées.

— Bien sûr, viens par ici !

Lisa se glisse entre mes jambes et me donne le tube de crème solaire. Au passage, elle fait voler une poignée de sable sur Marion qui lit paisiblement allongée à ma droite.

— Lisa ! Mais fais attention !

— Oh ça va, Jo-la-rabat-joie, lui rétorque sa sœur qui, par provocation, lui renvoie du sable sur les jambes.

Agacée, Marion se retourne et s'allonge sur le ventre.

Steph, partie « goûter » l'eau, revient et se plante face à nous, nous faisant de l'ombre au passage.

— Elle est meilleure qu'à Brest ! Venez, les mouettes, l'eau est hyper bonne.

On se lève toutes quasi simultanément. Quelque chose me chiffonne. L'éternel problème des vacanciers sur la plage.

— Qui va surveiller les affaires ?

Maya sort un écouteur de son oreille et enlève son haut de maillot de bain.

— Moi ! Je reste bronzer un peu.

— Tu plaisantes ? Remets ça tout de suite ! beugle sa mère, furieuse de la voir faire du monokini.

— Je suis sur le ventre, maman ! Et tout le monde fait ça, ici. C'est bon, ouvre ton esprit, un peu.

— Laisse-la vivre, intervient Lisa, impeccablement moulée dans son micro ensemble noir.

Steph peste mais abdique, et nous filons tremper nos pieds dans l'océan.

Effectivement, l'eau est bonne, et il ne me faut pas longtemps avant de m'immerger entièrement. Les copines en font de même. Sauf Lisa, en grande conversation avec un jeune homme bodybuildé à quelques mètres du bord. Elle est tellement jolie que je ne suis plus étonnée. Elle a toujours été celle qui a le plus de succès parmi nous, avec ses longs cheveux bruns et ses grands yeux de biche. Surtout, Lisa n'a pas peur d'aller au contact des gens, sa verve et son charisme s'occupent du reste.

— Ça y est, elle s'est trouvé un lot de consolation, me glisse Marion qui surgit à mes côtés.

Steph se frotte les oreilles pour les déboucher et lisse ses cheveux en arrière avec ses mains.

— Sacré lot quand même ! remarque-t-elle.

Nous ? Jalouses ? N'importe quoi.

Lisa rit aux éclats en posant sa main sur l'épaule d'Action Man puis nous désigne du doigt. Action Man nous sourit.

— Coucou, chéri ! dit Steph en lui faisant un signe, ce qui nous fait éclater de rire.

— Venez, les filles ! crie Lisa sans lâcher le bras de son lot numéro 348.

Je ne suis pas sûre d'avoir envie d'y aller, mais Steph part à la brasse et s'exclame :

— Pour une fois qu'elle a l'air d'être décidée à partager !

À peine avons-nous les deux pieds sur la plage que notre amie vient à notre rencontre.

— Je te présente Steph, Noémie et ma sœur, Marion, dit Lisa en nous désignant tour à tour. Les mouettes, voici…

Je lui adresse un sourire poli.

— Alexandre, répond Action Man d'une voix enfantine qui ne lui va pas du tout.

— Enchantée, renchérit Marion, mal à l'aise.

— Ses amis et lui sont au même camping que nous. Dingue, non ?

Dingue. Foufou. J'en ferais presque la roue sur le sable.

Action Man nous explique qu'ils sont ici pour la semaine, qu'ils viennent de Toulouse, qu'il serait ravi de nous présenter ses potes ce soir au camping, tout cela sans lâcher la poitrine de Lisa des yeux. Charmant.

— Ce soir nous sommes prises, mais demain avec plaisir, minaude Lisa en passant savamment sa main dans sa longue crinière.

Irrécupérable.

Je tente de la raisonner une fois le playboy parti.

— À vue d'œil, tu sais qu'il n'a pas plus de vingt-cinq ans et qu'une seule idée en tête ?

— Ça tombe bien, j'ai besoin de fraîcheur pour me remettre des vieux nazes. Et j'ai la même idée que lui, rétorque Lisa qui le regarde s'éloigner.

Ben voyons.

— Dites-moi que je rêve ! s'écrie Steph tandis que nous remontons vers nos serviettes.

Si elle rêve, nous aussi alors. J'ôte mes lunettes de soleil pour vérifier que je vois bien ce que je vois.

Un gringalet est assis à califourchon sur Maya et lui masse le dos. Steph accélère le pas, nous la suivons en trottinant sur le sable brûlant.

— Ça va ? La vie est belle ?

Maya se tourne brusquement faisant presque tomber le gamin qui se liquéfie face à nous quatre.

— Ah, maman, il était en train de faire des châteaux de sable avec son frère et j'avais vraiment besoin qu'on me mette de la crème, se défend l'adolescente avec aplomb. Ça m'embêtait de venir vous déranger.

Le gringalet louche sur la poitrine à l'air de Maya. Steph s'en rend compte et vire au rouge.

— Toi, tu prends ton râteau et tu dégages !

J'explose de rire de le voir détaler au quart de tour.

— Et toi, tu remets ton maillot de bain, tu ranges ton sourire en coin et ton arrogance dans ton sac, tu es punie ! Tout le reste des vacances, je vais te suivre partout, même aux toilettes s'il le faut, et je prends ton portable jusqu'à nouvel ordre.

Ça fait mal. Maya n'en mène pas large et se rhabille en grognant.

— Les filles, il est presque dix-huit heures, on y va ? intervient Marion.

Un courant d'air me glace malgré la chaleur écrasante. C'est le moment.

# 25

— On s'arrête ! On s'arrête ! supplie Maya lorsque nous passons devant le camping de la Dune, aussi appelé Les Flots bleus. Allez !

— Maya, on est en plein virage ! Et tu as vu le monde qu'il y a devant ? lui dis-je, peu emballée par un arrêt.

— Mais si, regarde, Nono ! Mets-toi là, tout le monde se gare en vrac ici. Je veux faire une photo sous le panneau, insiste-t-elle.

Tout comme la trentaine de touristes qui fait la queue devant l'entrée du camping pour se faire prendre en photo la tête coincée dans la reproduction grandeur nature du fameux Patrick Chirac.

— Arrête-toi avec les warnings devant, je descends la prendre en photo vite fait ! intervient Lisa qui passe la tête entre les deux sièges avant.

— OK, mais seulement sous le panneau d'entrée, pas celui de Dubosc sinon on va passer la nuit ici.

Pendant que Maya sourit exagérément et prend mille poses devant Lisa qui la mitraille, Steph est perplexe.

— Je ne sais pas ce que je vais faire de cette gamine. On n'était pas comme ça, nous, à son âge !

— On était exactement les mêmes, je lui lance, assise à l'envers sur le siège conducteur. Tu lui enlèves son téléphone portable et tu lui ajoutes un Walkman avec Louise Attaque dans les oreilles, et c'est toi !

Marion acquiesce en secouant le menton. Steph observe sa fille se marrer et faire le V de la victoire avec ses doigts. Elle sourit.

— Je ne suis pas au bout de mes peines, alors.

— À qui le dis-tu !

Après être remontée en voiture, Maya s'empresse d'envoyer ses photos à la terre entière sur Snapchat. Je roule encore quelques centaines de mètres et coupe le moteur du van sur un petit chemin sablonneux.

— On aurait peut-être dû rester sur le trottoir comme les camping-cars, non ? suggère Marion. On ne risque pas de s'embourber ?

Nous regardons tous les gros véhicules alignés sur le bas-côté et je comprends pourquoi seuls les motos et les scooters sont sur le chemin de sable. Trop tard. On verra bien. Au pire, j'ai toujours la petite pelle de mon père dans le coffre. Et on a le numéro de portable d'Action Man.

Nous nous enfonçons dans la forêt dense, les tongs pleines de sable brûlant et d'aiguilles de pin qui nous transpercent les orteils. Il faut ensuite monter, monter, et encore monter, en longeant le grillage du camping de la Dune pour enfin voir apparaître le paradis.

— Ouah ! lâche Maya. Ça défonce ici !

Par un chemin dérobé, loin du tumulte et de la horde de touristes, nous arrivons presque au sommet de la dune du Pilat. La vue est à couper le souffle, l'air marin nous transporte, le paysage est quasi lunaire. Tout autour de nous, les parapentes multicolores se croisent et se suivent en un ballet majestueux. Le spectacle est subjuguant de beauté.

— Bonsoir, mesdemoiselles. Je suis Serge, c'est moi que vous avez eu au téléphone, nous accueille un quinquagénaire à la peau mate et aux cheveux blondis par le soleil. Vous avez beaucoup de chance, les conditions sont idéales ce soir !

Nous lui serrons la main chacune notre tour et le suivons, tongs à la main.

— Vous volez toutes les cinq ?

Marion recule d'un pas, mais je lui accroche le bras.

— Oui, toutes ! je m'exclame avant qu'une d'entre nous ne s'échappe.

— Je commence ! lance Maya, excitée comme une puce.

— Super, suis-moi, jeune fille. Marius va venir vous équiper, vous pouvez vous asseoir ici en attendant votre tour. Cela va aller vite, et, de toute façon, nous avons la plus belle salle d'attente au monde ! s'exclame le moniteur de parapente avant de s'éloigner avec la petite.

Il ne croit pas si bien dire. Les parapentes montent et descendent avec grâce, légèreté et poésie autour de nous. Tant de beauté me laisse sans voix.

Maya enfile son casque, s'installe sur une espèce de gros sac sur les indications de Serge qui la saucissonne avec les ceintures. Il prend place derrière elle et l'ado se tourne une dernière fois vers nous. On lève nos pouces pour l'encourager tandis qu'elle crie :

— Tu me filmes, hein, maman ?

Et la voilà qui s'envole aussi délicatement qu'une plume. On l'entend rire aux éclats lorsque le parapente passe au-dessus de nous. On la perd de vue quand ils s'éloignent de l'autre côté de la dune. On a des papillons dans le ventre à sa place au moment où l'intrépide Serge mime une chute libre avec son oiseau magique qu'il dirige à la perfection.

Viennent les tours de Marion et Steph qui s'envolent simultanément avec Serge et son jeune collègue. La tête de Marion lors du décollage restera gravée dans notre tiroir à souvenirs. Lisa et moi en avons presque fait pipi dans nos maillots de bain.

— À nous deux, fait Serge après avoir débarqué Marion.

Je le suis, pose le casque sur ma tête et me réjouis à l'idée de m'envoyer en l'air avec un inconnu.

— Prête ?

— Prête, mon capitaine !

Je n'ai pas de mots pour décrire la sensation que j'éprouve une fois dans les airs. Cela n'a rien à voir avec tout ce que j'ai connu jusqu'à présent. C'est jouissif, puissant, vivifiant ! Vu d'en haut, le bassin d'Arcachon est absolument incroyable, la dune paraît irréelle, la forêt tellement belle et dense. Je ne sais plus où donner de la tête. Mes larmes coulent, sous l'effet du vent, de l'altitude ou du bonheur.

— Ça va ? me demande Serge, le nez dans mon oreille.

— C'est magnifique, j'en pleure !

Le moniteur rit et me décrit la vue avec autant de passion dans la voix que s'il la découvrait en même temps que moi. J'aime tellement ces gens-là !

— Vous n'avez pas peur ? s'inquiète-t-il alors qu'il va un peu plus haut.

Je lui réponds, gorgée d'adrénaline :

— Absolument pas !

— On essaie d'ajouter quelques sensations fortes ? questionne-t-il alors.

Je pivote un peu pour le regarder.

— Restons en mode croisière, je suis enceinte !

Et que tournent les pages

# 26

*Au sommet du monde*
*Lundi 17 juillet 2017*

Je ne sais absolument pas ce qui m'a pris de le lui dire. C'est la première fois que je prononce cette phrase à voix haute, devant un autre être humain. J'ai encore du mal à y croire. Je m'étais faite à l'idée que jamais je n'aurais la chance de prononcer ces trois mots magiques. D'ailleurs, j'ai peur que cela me porte la guigne, mais... C'est fait, c'est dit, et je me sens portée par une sensation nouvelle à présent.

— Félicitations, me dit le moniteur. Quoique je ne sois pas très content de vous, il est strictement interdit aux femmes enceintes de faire du parapente !

Mince. Je vais me faire engueuler.

— Je suis désolée, je débute en tant que future maman et j'ai encore tout à apprendre. Ça craint ? Je fais du mal au bébé en volant ?

Serge me rassure aussitôt.

— Vous êtes enceinte de combien ?

— Bientôt trois mois et demi, j'annonce fièrement.

— Ça ira pour cette fois, mais je redescends immédiatement, et faites attention à vous maintenant. À vous deux ! gronde faussement le moniteur.

« À vous deux »... Je suis deux. Lorsque le labo m'a appelée, il y a une dizaine de jours, j'ai d'abord cru à une erreur. Après tout ce que l'on a traversé, il était tout bonnement impossible que je tombe enceinte. Les FIV avaient échoué, la stimulation ne donnait rien depuis des années. Ils étaient prêts à m'enfoncer un tuyau dans le nombril pour me donner un dixième de chance. Impossible.

Je ne pouvais pas attendre de voir mon gynécologue, qui était en vacances. Surtout, je ne voulais plus le voir, lui. Il m'avait trop découragée et il était devenu synonyme de mauvaises nouvelles. Je voulais du sang neuf.

Ni une ni deux, je me suis présentée aux urgences de l'hôpital de Neuilly, mon dossier sous le bras.

— J'ai un problème, et c'est très grave, ai-je dit à l'infirmière de garde.

— Je vous écoute, mademoiselle.

— Regardez tous ces papiers. Je ne peux pas avoir d'enfant et on me dit que je suis enceinte ! Il y a quelque chose qui ne va pas.

Ayant sa sœur atteinte d'endométriose, l'infirmière a été émue par mon histoire – ou a eu pitié de moi – et m'a envoyée voir le gynécologue de garde.

— Vous êtes enceinte de treize semaines et tout va très bien, m'a-t-il annoncé en essuyant mon ventre.

J'ai fondu en larmes et suis restée des heures, seule, sur le banc devant l'hôpital de Neuilly, à regarder l'échographie et le carnet de maternité sur lequel il avait noté le prochain rendez-vous.

Et puis, tout est parti en vrille à la maison. Le soir où j'ai voulu le dire à Antoine, il n'est pas rentré. Le lendemain matin, il m'a balancé des horreurs au petit déjeuner. J'ai décidé de partir avec les filles et de lui annoncer à mon retour, espérant qu'il serait calmé. Maintenant, tout s'explique. Le porteur de mauvaises nouvelles, ne me voyant pas venir au rendez-vous de contrôle, a encore frappé. Antoine croit que j'ai pété les plombs et arrêté les traitements sans le prévenir.

À trop essayer de faire un enfant, on en a certainement oublié qu'avant d'être parents il faut d'abord être un couple.

Lorsque je repose les deux pieds sur le sable, je me sens libre et apaisée. La vie est étrange et imprévisible. Je me souviendrai toujours d'avoir prononcé pour la première fois cette phrase divine dans les airs. Au-dessus de l'océan, au milieu des nuages, au plus près de ma mère.

En haut de la dune, Serge et Marius nous remercient, nous souhaitent de belles vacances et repartent déjà côtoyer les oiseaux.

— C'était un truc de ouf ! déclare Maya, survoltée. On peut le refaire avant vendredi ?

— Si tu te tiens à carreau toute la semaine, on verra, rétorque sa mère, qui ne perd pas le nord.

— C'était grandiose, ajoute Lisa en se baissant pour récupérer le sac de pique-nique.

— J'avoue que je n'étais pas rassurée mais je resigne quand vous voulez ! s'exclament Marion et son mascara dégoulinant sur la joue.

Je lève les yeux au ciel pour photographier mentalement ce moment. Les parapentes continuent de tourner au-dessus de moi puis disparaissent derrière les arbres tandis que le rire de ma mère résonne dans ma tête.

— Je n'oublierai jamais, je souffle, le cœur au bord de l'implosion.

Les tongs à la main et les sacs sur le dos, nous longeons la dune, les pieds enfoncés jusqu'aux chevilles. Maya s'arrête.

— J'en peux plus ! C'est loin encore ?

— Tu vois le point culminant là-bas ? lui demande Marion en mettant sa main en visière sur ses yeux. Eh bien, c'est notre terminus. On ne pourra pas aller plus haut de toute façon.

L'adolescente bougonne et semble porter toutes les peines du monde sur le dos.

— Allez, la puce, on y va ! l'encourage Lisa en la poussant par les fesses.

Nous arrivons enfin au sommet de cette incroyable merveille de la nature haute de cent dix mètres et longue de plus de six cents mètres. Je reste bouche bée face à ce paysage vu pour la dernière fois il y a quatorze ans. Face à nous, l'immensité de l'océan qui disparaît à l'horizon. Derrière nous, la forêt des Landes de Gascogne, le plus grand massif forestier d'Europe. Je me sens petite. Toute petite.

Nous nous asseyons en rang d'oignons sur le sable et n'osons plus parler. Les touristes autour de nous semblent également subjugués par le lieu, et seuls quelques enfants s'amusent à glisser sur le sable en criant de joie.

D'une main hasardeuse, Lisa ouvre son sac à dos et nous regarde comme pour attendre notre validation.

— Vas-y, fait Steph, un léger sourire aux lèvres.

Marion détourne le regard et coince sa tête entre ses bras croisés sur ses genoux. Maya couche la sienne sur l'épaule de sa mère. Je sais que le moment est venu, que je dois intervenir, même si mes mains tremblent et que mon cœur se serre violemment au fond de moi.

Lisa sort les coupes en plastique, les enfonce une à une dans le sable pour qu'elles tiennent, puis attrape la bouteille de champagne emballée dans la mini-glacière. Délicatement, elle arrache la protection autour du bouchon. Lorsqu'elle est sur le point de l'ouvrir, je ferme les yeux et souffle un grand coup.

— Attends ! J'ai quelque chose à vous montrer avant.

## 27

Je pose mon sac entre mes jambes et en sors, avec un luxe de précautions, le téléphone portable prêté par la mère de Steph. Assise à ma droite, celle-ci serre fort sa fille contre elle. Elle m'encourage des yeux à continuer tandis que je la détaille, l'estomac noué.

— Vous savez à qui il appartient ?

Tout le monde hoche la tête silencieusement. Je reprends.

— Elle a laissé une lettre avec, me demandant de vous montrer la dernière vidéo enregistrée dessus une fois que l'on serait en haut. On y est.

À ma gauche, Lisa se cramponne à la bouteille et se mord les lèvres. À ses côtés, Marion baisse le regard, le nez vers le sable. Je prends la main de Steph.

— On y va ?

— On y va, confirme-t-elle à voix basse.

Peu sûre de moi, j'allume le téléphone avec l'horrible sensation de fouiller dans la vie de quelqu'un d'autre. Comme pour me donner l'autorisation d'aller plus loin, il ne demande pas de code. Je vais dans « photos » puis dans « vidéos », il y en a dix-huit. J'ouvre la dernière, et le visage de Charlotte apparaît à l'écran, nous laissant toutes le souffle coupé.

*« Salut, les mouettes ! Ça fait un bout de temps, hein ? Je suis désolée pour la tronche de cake que je me tape sur la vidéo, mais les murs verdâtres de cette chambre y sont pour beaucoup. Je ne veux pas que vous pensiez que la plus belle du groupe commence à vous laisser sa place ! »*

À l'écran, Charlotte, son foulard bleu sur la tête et son oxygène dans le nez, fait mine de nous narguer et nous montre les murs sinistres et défraîchis de sa chambre d'hôpital. Je souris.

*« Alors ? Ça y est ? Vous êtes en haut de la dune ? J'espère bien que vous y êtes, bande de feignasses ! Et que vous ne regardez pas cette vidéo les doigts en éventail au bar du camping. Ça fait quoi de remonter avec quatorze ans et dix kilos de plus au compteur ? Allez, je blague. Ne faites pas cette tête. Cela aurait pu être pire, les filles ! On avait prévu de le refaire vingt ans plus tard. Dites-vous que, grâce à moi, vous avez gagné six ans dans les pattes ! »*

Charlotte nous fait un clin d'œil. Lisa rit et renifle en même temps.

*« À vrai dire, je ne savais pas comment faire pour pouvoir venir avec vous. Ça m'embêtait drôlement cette histoire, et puis Philippe m'a dit que je n'avais qu'à faire une vidéo et que vous pourriez l'emporter ! »*

Nous interrogeons simultanément Marion du regard.

— Je ne savais pas ! Il ne me l'a pas dit, riposte-t-elle, sous le choc.

*« Cherche pas, Marion ! Cela fait partie de nos petits secrets, à ton mari et moi. En tout bien tout honneur. J'ai toujours résisté à ses avances, je te promets ! Je déconne, ma chérie, ne t'énerve pas, je déconne. »*

Charlotte soupire profondément.

*« Ton Philippe est passé me voir il y a quelques jours, et on a bien discuté, tous les deux. C'est fou comme les gens se livrent sans retenue à quelqu'un qui va mourir !*

*On a parlé de toi, des enfants, de mon association. Il venait pour faire un don, au fait. Ça aussi, tu ne le savais pas. Je ne te répéterai pas tout ce qu'il m'a dit, car il m'a fait confiance. Mourante peut-être, balance, jamais ! »*

Nous sourions tandis que Marion ne quitte plus des yeux l'écran que j'ai incliné vers elle.

*« En revanche, ne doute jamais de lui. Jamais. Cet homme t'aime plus que sa propre vie, plus que ses chevaux et que sa jeep. Tu es une putain de chanceuse, Marion Brignoux épouse Tavarec'h ! Vis pour tes petits, mais laisse-les vivre, promis ? »*

Bouleversée, Marion fond en larmes.

*« Lisa ? Tu es là, chaton ? Tu sais, ce que tu m'as dit hier, au sujet de ton chéri, j'y ai beaucoup réfléchi depuis. Tu me*

*diras, je n'ai plus que ça à faire de mes journées ! Je sais que tu y crois à fond, mais moi je pense que, même s'il quitte sa femme pour toi, il te quittera aussi. Laisse tomber, tu vaux mieux que ça. Tu nous as toujours dit que tu enviais ton frère d'avoir tout plaqué pour aller vivre aux États-Unis. Hein, les filles ? Elle nous les brise avec cette histoire à chaque repas. Fais-le, toi aussi ! Tu attends quoi ? De te retrouver entourée de quatre murs verts comme moi ? Tu es celle d'entre nous qui a toujours revendiqué sa liberté haut et fort, alors, sois libre ! Même si rien ne t'attend là-bas, tu attends quoi ici ? Réfléchis bien, ma Lisa. Réfléchis bien… »*

Charlotte laisse traîner sa phrase et regarde par la fenêtre. Lisa prend la main de sa sœur.

*« J'y pense, vous vous êtes arrêtées à Nantes récupérer notre trésor ? Je suis certaine que oui. Je ne sais plus exactement ce que vous aviez toutes écrit, cela dit je pense être la plus proche au niveau des prédictions. Pas de plans sur la comète, c'est ça que tu disais, Nono, à l'époque, non ? »*

— C'est ça, dis-je, le sourire aux lèvres et de la nostalgie plein le cœur.

*« Nono, je sais que tu dois venir la semaine prochaine et je te promets d'essayer de t'attendre. Mon infirmier préféré a promis d'augmenter un peu la cadence de Francisco… »*

Nous rions à travers les larmes. Cela fait tellement longtemps que je n'ai pas entendu parler de Francisco. C'est le nom que Charlotte avait donné à son appareil à oxygène liquide, une sorte de petit meuble à roulettes qu'elle trimballait partout et qui lui permettait de respirer. Elle l'a appelé comme ça en souvenir du petit boutonneux qui la suivait comme son ombre en seconde.

*« D'ailleurs, je vous interdis de lui dire que j'ai enregistré cette vidéo. Je suis censée me reposer et économiser mon souffle, mais vous me connaissez, je ne voudrais pas mettre ce pauvre Francisco au chômage.*

*Nono, je voulais te remercier d'avoir insisté auprès de mes parents en 2003 pour que je parte avec vous. Je te le dis ici et pas en face parce que tu es une véritable chialeuse et que je pense que tu regardes trop* Grey's Anatomy. *Bref, je n'ai pas envie que tu viennes vider mon stock de mouchoirs. Si je n'étais pas venue, je n'aurais sûrement jamais intégré la bande de mouettes que vous êtes, et ma vie aurait été bien plus facile. Mais moins drôle ! Lisa, peux-tu mettre une gifle à Noémie pour qu'elle arrête de pleurer ? »*

Touché. Je suis bouleversée, et Lisa ne me frappe pas mais se contente de tenir le téléphone pour que je puisse me moucher.

*« Je sais pas trop ce qui m'attend, mais j'aime à penser que je ne le vivrai pas seule. La première chose que je ferai lorsque je quitterai ce trou à rats de laboratoire, c'est d'aller voir ta mère et de lui dire combien sa fille est devenue une femme exceptionnelle et chère à mon cœur. Enfin, si tu ne m'en veux pas, Nono, j'irai d'abord jouer un morceau de guitare avec Brassens !*

*Je ne sais pas si vous avez emmené avec vous la petite casse-pompes ? Si tu es là, Maya, bon courage. Tatie pense fort à toi, mon chaton. Dis-toi que ces vacances vont passer vite !* »

Maya se contorsionne pour regarder l'écran avant que sa mère ne la fasse passer entre elle et moi. Nous la serrons tendrement entre nous deux.

« *N'écoute pas toujours ta mère, elle croit tout savoir mais elle se trompe. Je plaisante, mon chaton. Elle est un peu relou, je te l'accorde, mais c'est la meilleure maman que je connaisse. Sans vouloir t'offenser, Marion ! Fais attention à toi, ne te fais pas marcher sur les pieds par les mecs, par personne d'ailleurs, OK ? Tu dois me le jurer sur la tête de sainte Beyoncé, grande prêtresse du Booty Shake et du girl power. Tout le reste, je te l'ai déjà dit, mon amour.*

*Steph, il faut bien terminer par quelqu'un, autant que ce soit par ma grande sœur. Tu sais que je suis fière de toi et de la vie que tu mènes, et pas envieuse du tout ! Ou alors juste un peu.*

*Merci d'avoir joué les fortes têtes pour que papa et maman oublient un peu ma maladie. Merci d'avoir eu Maya, notre rayon de soleil, qui a regorgé d'amour toute la famille. Pierre et toi appeliez ce petit être un accident, à la maison, maman parlait d'une bénédiction. Un cadeau après tant d'années de souffrance. Ce n'est pas pour rien si elle est née quelques semaines avant que les médecins n'annoncent ma rémission aux parents. Mon petit ange…* »

Du haut de notre sommet, plus aucune de nous cinq ne bouge, nous écoutons la voix éraillée de Charlotte, les yeux humides et la gorge nouée.

*« À l'école, tout le monde m'a toujours mise à l'écart parce que je n'avais pas de cheveux, que je manquais la moitié de l'année, et je sais que tu en as souffert toi aussi. Ce n'est pas facile d'être la sœur de… Regarde Pippa Middleton ! Mais j'aime me dire que c'est aussi ce qui a fait de toi une femme si forte.*

*Veille bien sur ton Pierrot, sous ses airs de ne pas y toucher, il a un charme fou, et quand il bosse torse nu l'été, je peux te dire que j'en ai vu plus d'une le reluquer ! N'est-ce pas, Lisa ? »*

Lisa prend l'air offusqué.

*« Je parle, je parle, mais votre champagne va être chaud, ça va être imbuvable ! Ce n'est pas la dernière fois que nous nous parlons, mais c'est la dernière fois que je vous parle à toutes en même temps. Et la première fois que vous m'écoutez sans broncher aussi. Si vous comptez sur moi pour vous dire au revoir, vous vous fourrez le doigt dans l'œil… »*

Pause.

*« Je vous dirai seulement que vous êtes comme un gros pot de Nutella. Vous m'avez aidée à grossir, vous m'avez redonné le moral, vous êtes collantes, vous sentez bon et vous avez un emballage attractif. On aime tous avoir un pot de Nutella dans son placard, même si on fait croire à qui veut l'entendre qu'à la place on mange de cette saloperie de pâte à tartiner bio pour bobos. J'ai essayé de me sevrer de vous, mais je n'ai jamais réussi. J'aime le Nutella, vous savez. Je ne lui ai jamais dit en face mais*

*je l'aime plus que n'importe quel autre aliment sur cette magnifique Terre. »*

Charlotte disparaît de l'écran et nous ne voyons plus que ses draps en gros plan. Nous l'entendons respirer bruyamment avant qu'une quinte de toux ne l'empêche de reprendre immédiatement son téléphone. Je suis en larmes. Marion se lève et s'éloigne.

*« Bon, ça suffit ! On l'ouvre, ce champagne ? Je compte avec vous, les mouettes ! »*

Lisa se lève pour aller chercher sa sœur. Elle lui prend le bras et l'attire vers nous tandis que je mets la vidéo sur pause. D'un geste lent, Steph attrape la bouteille.

— Prêtes ? 3…

*« 2… 1… »*

Steph fait sauter le bouchon et le liquide se déverse à moitié sur le sable. Maya et moi avançons rapidement les coupes afin qu'elle puisse les remplir.

— À Charlotte ! s'exclame sa sœur, plus émue que jamais, en levant son verre.

— À Charlotte ! répondons-nous en chœur, le bras en l'air.

*« À nous, à notre amitié, à la vie ! »* dit Charlotte, avant que la vidéo ne se coupe.

« Fini d'écrire n'importe quoi. Il est hors de question que vous racontiez votre version de ma vie dans un livre hommage ! On arrête de se mentir, je vais tout vous dire. Tout a commencé comme ça… C'était quelques jours avant les fêtes de Noël 2016.

— Je suis sincèrement navré, mademoiselle Le Mansec, mais je crains que le cancer ne soit revenu.

Voilà ce que m'a dit le professeur ce jour-là. Depuis, je répète cette phrase indéfiniment dans ma tête, et pourtant je rêverais de la faire disparaître.

— Charlotte ? Vous êtes toujours avec moi ? a répété l'oncologue.

J'étais encore là, bien sûr. Mais pour combien de temps ?

J'avais treize ans lorsque le verdict est tombé pour la première fois. Ma mère était effondrée, mon père beaucoup plus calme. En apparence. Cancer du rein, extrêmement rare à mon âge, j'ai eu une chance folle.

S'en est suivi un défilé de rencontres : urologue, radiologue, néphrologue, pathologiste, oncologue, radiothérapeute, infirmier, aide-soignant, psychologue, spécialiste de la douleur, kinésithérapeute, diététicien, assistant social, et j'en passe.
Après avoir été opérée, j'ai dû suivre un protocole très strict à base de radiothérapie et de chimiothérapie. Un véritable bonheur pour l'adolescente que j'étais.
Trois ans. Mon calvaire aura duré trois ans avant que le médecin ne nous annonce que j'étais officiellement guérie. À seize ans, ma vie pouvait enfin commencer.
Un an plus tôt, ma sœur nous avait fait la merveilleuse surprise d'avoir un bébé. Je suis persuadée que Maya a été précieuse dans ma guérison. À la maison, le cancer a été fichu à la porte pour laisser place à un nourrisson. On ne parlait plus que de ça, et je ne remercierai jamais assez Steph pour cela.
L'été de mes dix-sept ans, ma sœur et ses copines ont prévu de partir une semaine entre filles. Je n'osais même pas concevoir que je pourrais faire partie du voyage. Sauf

que Noémie est venue me voir dans ma chambre et m'a dit :

— Charlotte, ça te dirait de venir avec nous ? Tes parents sont d'accord : j'ai galéré mais ils ont fini par lâcher.

Qu'est-ce que j'étais heureuse ! J'ai dû promettre à ma mère de l'appeler deux fois par jour, mais ce n'était rien comparé aux vacances que nous avons passées.

La panne à Nantes, le parc de Beaulieu, les délires dans le camion de Tonton Marcel, la dune du Pilat, la plage, les mecs...

Ce voyage nous a soudées, toutes les cinq. Dès lors, j'ai rejoint la bande pour ne plus jamais la quitter.

Et puis, chacune a fait sa vie. Je suis devenue infirmière. Étonnant, me direz-vous ? Remarquez, à l'Institut de formation en soins infirmiers, les autres étudiants me traitaient de pistonnée tant je connaissais bien les termes médicaux. S'ils avaient appris que je savais poser un cathéter depuis l'âge de treize ans... J'ai également monté une association qui s'occupe de faire le lien entre les malades guéris du cancer et les entreprises. Il est parfois difficile de reprendre un parcours professionnel après avoir subi un tel cataclysme. Nous faisons en sorte que les aspirations et les rêves de chacun se concrétisent. Si les choses tournent mal pour moi, Stéphanie a proposé de prendre ma place. Elle est adorable, mais je ne lui laisserai jamais un tel fardeau. Il faudra qu'elle tourne la page. Il le faudra.

J'ai demandé à Noémie de s'occuper des papiers et la vice-présidente de l'association prendra le relais.

Je me suis mariée en 2012, avec un collègue de l'hôpital, mais cela n'a pas marché et nous avons divorcé trois ans plus tard. Nous sommes restés bons amis, et j'ai même l'impression que l'on s'entend mieux depuis que nous ne sommes plus un couple. Ça, c'est la version que je donne à tout le monde. En réalité, je l'ai trompé avec un jeunot qui m'a jeté de la poudre aux yeux. J'en profite pour ouvrir une parenthèse et te dire, mon éternel amour, que cela a été la pire erreur de ma vie. La pire.

Tout se passait bien, vraiment, lorsque j'ai commencé à ressentir une extrême fatigue, un mal-être grandissant. J'ai nié la vérité quelque temps, mettant cela sur le compte des gardes de nuit, des remplacements, du manque de personnel, des patients toujours plus nombreux. Jusqu'au jour où ma sœur m'a trouvée inanimée dans sa salle de bains. Je me souviens d'être allée me laver les mains. Et puis, plus rien.

— Ne tournez pas autour du pot, docteur, je suis infirmière, je sais aussi bien lire les résultats d'analyses que l'inquiétude sur le visage des médecins, ai-je dit au chef de service de la clinique qui m'a reçue, ce fameux 16 décembre.

Il a fait cette tête que je connais par cœur et a déclaré :

— Je suis sincèrement navré, mademoiselle Le Mansec, mais je crains que le cancer ne soit revenu.

Il m'avait au moins laissé quatorze ans de répit, cela aurait pu être pire.

J'avoue qu'au début l'annonce en elle-même ne m'a pas touchée plus que cela. Ce qui m'embêtait le plus était de devoir retomber dans l'engrenage des séances de chimio et compagnie. L'enfer.

Les fêtes de fin d'année approchaient et je commençais vraiment à angoisser, je ne savais pas comment l'apprendre à mon entourage. C'est aussi ça, être malade, avoir plus peur pour sa famille que pour soi-même. J'ai donc tenté de leur dire de la manière la plus douce possible.
Mes parents ont fait leurs valises dans la minute et sont venus s'installer chez moi. Je me suis dit que j'aurais peut-être mieux fait de fermer ma grande bouche.
— Maman, ça va aller, je ne suis plus une petite fille. Et l'avantage d'une rechute, c'est que je suis déjà passée par là, je connais. Je vais même pouvoir faire la maligne auprès des copains de chimiothérapie avec mon doublé...
Cela ne l'a pas fait rire. Et elle est venue quand même.
Ma sœur a réagi comme ma sœur. Forte, sûre qu'on allait lui coller une déculottée une deuxième fois, elle a voulu prendre les commandes des opérations. Mon ex-mari a failli en faire une syncope. Les copines ont eu du mal à réaliser. Surtout Noémie, la pauvre, j'ai dû lui annoncer alors qu'elle rentrait d'un voyage aux

États-Unis durant lequel Antoine l'a demandée en mariage.

— J'ai une super nouvelle à t'apprendre, m'a-t-elle dit, toute guillerette au téléphone. Je suis fiancée!

Pas évident de rebondir après ça. Mais hors de question qu'elle l'apprenne par les autres.

— J'ai moi aussi quelque chose à te dire, ma Nono...

Autant vous dire que j'ai pourri le Noël de tout le monde. Quant au réveillon du premier de l'an... N'en parlons pas.

— Malheureusement, je crains qu'il ne faille envisager autre chose. Je ne veux pas vous mentir, mademoiselle Le Mansec, les métastases ont atteint les os, l'abdomen... bla, bla, bla... bla, bla, bla...

Le 30 décembre, le professeur a demandé à me revoir en urgence. Ce jour-là, il n'en finissait plus de me dire à quel point ma carcasse partait en lambeaux. Je ne l'écoutais plus. Je ne voyais plus que ses sourcils bien trop fins et symétriques pour un homme. Est-ce qu'il s'épilait?

— Mademoiselle Le Mansec ? Je vous disais donc que nous pourrions mettre en place un protocole…
— Je vous coupe direct, excusez-moi. Si on résume, les seuls soins auxquels je peux prétendre à l'heure actuelle sont les soins palliatifs, c'est cela ?
Le professeur a joint ses mains sur son bureau.
— Vous êtes infirmière, je ne peux pas vous cacher que la chimiothérapie n'aura aucun effet, si ce n'est…
Je l'ai encore arrêté dans son élan.
— Si ce n'est celui de m'enterrer plus rapidement, je sais. Eh bien, écoutez, je ne sais pas si je vais vous revoir dans ce cas, ça fait bizarre, nous nous connaissons si bien, vous et moi.
Il a souri. Je sais qu'il était touché. On ne me la fait pas à moi.

C'était le 30 décembre. Vous imaginez bien que nous avons tous passé le plus beau réveillon de notre vie. Youhou !
Nous sommes aujourd'hui le 24 mars 2017, j'attends Noémie qui doit arriver d'une

seconde à l'autre. Elle ne le sait pas, mais je vais lui dire au revoir. Sur les conseils de Philippe, j'ai aussi prévu de leur enregistrer une petite vidéo ce week-end, que je donnerai à ma mère et qu'elles regarderont cet été. Une sorte de replay de moi-même. Le soir du réveillon du premier de l'an, Lisa a lancé l'idée que nous refassions cet été le même voyage en camion que nous avions fait en 2003. À l'époque, on s'était promis de le refaire en 2023, sauf que j'ai un peu mis le bazar dans nos plans. Dans un groupe, il y en a toujours une pour semer la pagaille.

Tout le monde a trouvé que ce serait génial ! Moi aussi. Et j'ai bien cru tenir jusque-là. Tant pis, elles auront plus de place dans le van.

Noémie vient de partir. J'ai arrêté d'écrire dès qu'elle est entrée mais j'ai bien envie de raconter notre "au revoir". Enfin, écrire... Je n'arrive plus à tenir un stylo alors heureusement que les smartphones existent. Appuyer sur un écran tactile, ça je sais encore le faire. J'espère seulement ne pas le casser avant que vous l'ayez lu.

— Entre, Nono !
— Coucou, ma belle, a dit Noémie en s'approchant pour venir m'embrasser.
— Tu ne m'en veux pas mais je ne me lève pas. C'était bien plus pratique à la maison avec Francisco, je pouvais faire ce que je voulais !
Je suis à la clinique depuis deux jours. Je ne vais pas tenir longtemps ! Rien ne vaut l'hospitalisation à domicile, croyez-moi !
— Ta mère m'a dit que c'était provisoire, que tu pourras rentrer avec eux dès lundi ? Je reviens la semaine prochaine de toute façon, je passerai la journée avec toi.
— Oui, l'infirmier aux belles fesses m'a promis que je pourrais sortir, il viendra régler Francisco régulièrement et, si je suis sage, il me fera même la toilette !
Noémie a éclaté de rire.
— Ça va, toi ? s'est-elle inquiétée.
— C'est à toi qu'il faut demander, tu as mauvaise mine.

— Sois sérieuse ! a-t-elle dit, assise sur la chaise qu'elle a tirée pour être au plus près de moi.

— Je le suis ! Moi, c'est à cause de ces murs verts que j'ai ce teint-là. Mais toi ? L'humour n'est-il pas la réponse à tout ?

— Je ne pense pas qu'on parte cet été, Charlotte, on n'aura pas le cœur à ça, a murmuré Noémie, les larmes aux yeux.

— Arrête, vous avez plutôt intérêt à y aller ! Et je veux un rapport détaillé de tout ce que vous faites heure par heure. Je veux que vous remontiez cette saloperie de dune interminable et que vous vous siffliez une petite coupe de champagne en mon honneur.

Nous avons parlé quelques minutes, pas plus, je m'essouffle très vite et j'ai tout le temps envie de dormir. Je suis devenue Hippie, la petite chienne qu'avaient mes parents à l'immeuble des Deux-Saisons. Sauf qu'elle avait plus de poils que moi.

J'ai dû me retenir de toutes mes forces pour ne pas pleurer devant Noémie lorsqu'elle s'est levée pour partir. Elle m'a embrassée sur le front tandis que j'en ai profité pour respirer son parfum à pleins poumons.

— Au revoir, ma Chacha, m'a-t-elle dit du bout des lèvres.

— Au revoir, Nono.

Alors qu'elle s'apprêtait à sortir, je l'ai appelée. De ma main toute branchée, j'ai levé mes doigts un par un.

— Steph, Lisa, Marion, Noémie et Charlotte.

Elle a souri et ajouté :

— Comme les cinq doigts de la main.

Et elle est sortie.

C'est à peu près la retranscription exacte de nos derniers mots. Hein, Noémie ? »

# Le rôle de ma vie

## 28

*Gujan-Mestras*
*Mardi 18 juillet 2017*

Il y a quatorze ans, après avoir bu notre champagne chaud et immonde, nous sommes descendues en courant pour aller nous baigner au pied de la dune. Nous avions dix-huit ans, nous étions merveilleuses, et nous savourions l'euphorie de cette première semaine de vacances de notre vie sans aucun adulte pour nous dire quoi faire. Aujourd'hui, nous sommes les adultes… et nous avons émis quelques réserves à l'idée de devoir remonter la dune pour la deuxième fois de la soirée.

Comme Charlotte l'avait prédit, et comme à l'époque, le champagne était trop chaud et je suis bien contente d'avoir fait semblant de le boire avant de le renverser discrètement dans le sable.

Maya a râlé et presque vomi le sien, alors sa mère lui a dit que c'était le goût normal du champagne dans l'espoir qu'elle ne veuille plus jamais en boire.

Nous sommes restées jusqu'à la nuit tombée à observer le paysage lunaire en mangeant des chips et des sandwichs au jambon. On a parlé de Charlotte, beaucoup. On a ri. On a pleuré. Beaucoup.

Je suis la première levée ce matin. Il est presque neuf heures, mais la nuit a été éprouvante et mouvementée pour nous toutes. Silencieusement, je fais chauffer de l'eau sur la plaque de cuisson et sors siroter mon thé Earl Grey à l'ombre d'un arbre, face au van.

Lisa n'est pas rentrée se coucher. Lorsque j'ai quitté le campement des Chippendales, aux alentours de trois heures, elle dansait sur Despacito dans les bras d'Action Man. Il faut dire qu'elles ont pas mal bu hier soir. Et que j'ai passé la soirée à vider discrètement mes canettes de bière dans la haie qui doit être ivre morte ce matin.

Quand nous sommes rentrées de la dune pour rejoindre notre camping à quelques minutes de là, Action Man et ses amis étaient accoudés au bar et Lisa les a, évidemment, repérés depuis le combi.

— Eh, oh ! a-t-elle crié en passant la tête par la vitre arrière.

Marion, au volant, a pesté mais c'était trop tard, il nous avait reconnues et sa sœur avait bien l'intention de finir la soirée ici.

Après avoir garé notre engin, nous les avons rejoints. J'avoue que la perspective de passer la soirée avec des jeunots ne m'emballait pas des masses. Pourtant, j'ai été agréablement surprise. On a ri, on a dansé, on a chanté. Le genre de fête que tu vois dans *Camping Paradis*, avec des rugbymen et des fûts de bière en plus. Steph a tutoyé tout le monde, même le vieux couple de Lyon qui pensait pouvoir boire un verre tranquillement.

— Eh, Noémie ! Tu sais que Bernard a joué dans un film quand il était jeune ? m'a-t-elle demandé en m'agrippant par le bras lorsque je suis passée près de leur table. Raconte-lui, Bernard !

Marion s'est lâchée, elle aussi, et m'a fait peur lorsque je l'ai vue debout sur le bar en train de refaire la chorégraphie de *Coyote Girls*. En bonne amie sobre qui se respecte, j'ai tout de même pris le temps de faire quelques photos pour nos archives avant d'aller la faire descendre. Une soirée « de ouf », comme dirait Maya.

Maya, qui, une fois n'est pas coutume, est restée tranquillement assise avec un groupe de filles à peine plus âgées qu'elle. Elle n'a pas bougé et a été sage comme une image.

J'ai encore eu un mal fou à regrouper tout le monde pour les faire monter dans le combi et les coucher.

Heureusement, les amis d'Action Man en ont pris une chacun sur l'épaule et nous ont suivies, la petite et moi. Seule Lisa m'a juré ses grands dieux qu'elle avait à peine bu, qu'elle était parfaitement consciente de ses actes et qu'elle souhaitait rester encore un peu. Je me suis arrangée avec la vérité en expliquant aux rugbymen que nous étions toutes gendarmes, et que si quelque chose arrivait à notre amie, j'appellerais des renforts dès le lendemain. Ils y ont cru à mort. J'ai encore pensé aux casteurs de *Section de Recherches*. Loosers.

Ce matin, ça ronfle dur dans le van. Je les entends depuis mon arbre. Le vieux couple de Lyonnais passe devant notre emplacement. Ils me saluent poliment et me souhaitent une bonne journée. J'ai un peu honte, Steph leur a tenu la jambe toute la soirée.

Le thé passe bien ce matin, je suis enfin libérée des nausées. J'ai lu qu'elles disparaissent généralement au deuxième trimestre. Mais j'aurais pu les tolérer sans râler durant neuf mois jusqu'à l'accouchement. J'ai tellement rêvé de ce moment.

Quoique Adrien, mon partenaire de théâtre, n'aurait pas supporté que je lui vomisse sur les pieds six mois de plus.

C'est comme cela que je me suis inquiétée. Un matin, en plein monologue, j'ai senti quelque chose de bizarre. Ce quelque chose était en fait le parfum de ce pauvre Adrien. Lorsqu'il s'est approché de moi pour réciter son texte, un jet incontrôlable a atterri sur ses chaussures. Carl a hurlé et a sommé tous les acteurs de quitter la scène.

J'ai tout de suite pensé à une gastro, mais le genre qui revient seulement au réveil et disparaît à midi m'a finalement paru peu probable. J'ai tout imaginé car, pour moi, une grossesse n'était pas envisageable. Et me voilà en train d'installer l'application Neuf Mois sur mon portable.

J'aurais tellement aimé que Charlotte le sache. J'espère qu'elle me voit en ce moment. En fait, je sais qu'elle me voit. Si elle était là, elle aurait déjà compris. On ne pouvait rien lui cacher, c'était presque usant.

Je ne me vois pas arroser la haie de bière et de rosé toute la semaine, mais j'espère que les filles ne vont pas s'en rendre compte. Car, malgré tout, je voudrais qu'Antoine soit le premier au courant.

Le couple de Lyonnais repasse devant moi, une baguette de pain sous le bras, et s'arrête, cette fois-ci.

— Il y a quelqu'un qui vous demande à l'accueil, me dit la dame. Je ne connais pas votre prénom mais le monsieur a demandé le numéro d'emplacement de Stéphanie Le Mansec, et comme elle nous a raconté toute sa vie hier soir, je sais que c'est pour vous !

— Merci, lui dis-je, encore un peu plus gênée. Je vais aller voir. Bonne journée !

— De même, me répondent les retraités d'une seule voix.

Une angoisse folle me tétanise. Il est arrivé quelque chose à Lisa.

À vive allure, je remonte l'allée de pins pour aller à la rencontre de la personne qui nous cherche. Bon sang, Lisa ! Et ces chemins qui se ressemblent tous… Que c'est mal indiqué, ce n'est pas vrai ! Je n'avais pas bu, je n'aurais jamais dû la laisser seule avec un inconnu. Les larmes me montent aux yeux et je ne suis pas loin du malaise vagal. Calme-toi, Noémie. Calme-toi.

— Noémie !

Quelqu'un m'appelle dans mon dos. Je me retourne, les jambes flageolantes et le cœur lancé au pas de course. Lisa… Mon Dieu, mais quelle idée de l'avoir laissée seule !

Un homme s'approche, sourit et, instantanément, tout s'éclaire. Mon amie va bien. Et moi, je n'ai jamais été aussi heureuse de voir Antoine.

## 29

— Mais qu'est-ce que…, je balbutie alors qu'il est désormais face à moi.

Ou bien est-ce mon esprit qui me joue des tours ? Après tout ce qui s'est passé ces derniers jours, je ne suis plus sûre de rien. D'ailleurs, j'ai autant envie de le prendre dans mes bras que de lui mettre une gifle.

— Je suis tellement désolé, Noémie, si tu savais, commence-t-il, la mine déconfite. J'ai été nul et j'espère que tu sauras me pardonner, ma chérie.

Je le coupe, décontenancée :

— Je ne comprends rien, Antoine. Qu'est-ce que tu fais ici ? Et la Normandie, tout ça ?

— Je suis rentré lundi et je devenais fou dans l'appartement. Si Marion ne m'avait pas appelé…

— Marion ? Mais quand ?

— Hier soir, ou plutôt cette nuit, vers une heure du matin, elle avait l'air drôlement allumée !

Je ferme les yeux et soupire profondément. Marion a compris que j'étais enceinte. Et je comprends, à mon tour, que j'ai été bien naïve de croire que je pourrais les berner. Elle lui a dit. Elle a vu que tout partait en cacahouète dans ma vie, alors elle a téléphoné à Antoine.

— J'ai pris l'avion à six heures ce matin, à sept heures vingt j'étais à Bordeaux où Claude m'attendait. Je l'ai déposé chez lui et il m'a prêté sa voiture pour que je vienne jusqu'ici, continue Antoine tandis que je n'en reviens pas.

— Claude ? Tu es venu avec le Scénic des Le Mansec ?

C'est si insensé que j'ai envie de rire.

— Alors tout le monde est dans le coup en fait ? je lui demande, stupéfaite.

— Tu ne crois pas si bien dire, Philippe et les garçons arrivent dans la matinée ! Cela sera ma surprise pour remercier Marion de son aide. J'ai tout organisé.

Non ? Je crois que les vacances entre filles sont définitivement fichues. Cela dit, je m'en moque, je suis la plus heureuse du monde.

Antoine me caresse la joue tendrement.

— Je n'ai besoin de rien d'autre que de toi, Noémie. On a perdu assez de temps à se pourrir la vie avec notre obsession de devenir parents, je ne veux plus vivre comme ça. Je comprends que tu en aies eu assez toi aussi, je comprends que tu aies eu peur de me l'avouer, je comprends tout. J'ai réagi comme un imbécile. J'ai eu pas mal de temps pour réfléchir et me rendre compte que ce n'est pas mon corps, même si je suis aussi touché et meurtri que toi, ce n'est pas moi qui subis physiquement tout cela. Je m'en fous, en fait, tant que je suis avec la femme de ma vie. On a plein d'autres choses à vivre et je te promets qu'on les vivra ensemble. Je t'aime, ma Nono.

Je suis bouleversée et le serre très fort contre moi. Il ne sait rien. Marion ne lui a pas dit, à moins qu'elle n'ait pas tout compris, elle non plus. À cet instant précis, je me rends compte qu'il m'aime, moi, avec ce que j'ai à lui offrir ou non. Je ne vais pas devenir maman : nous allons devenir parents.

— Pardonne-moi, ma chérie, souffle Antoine en déposant un baiser dans mes cheveux. On fera ce que tu veux. Et si tu considères que ton bonheur est à Brest, alors allons-y ! Tout le monde dit que je ressemble au navigateur François Gabart, je n'aurai aucun mal à m'adapter.

Oscillant entre le rire et les larmes, je me rends compte que le moment est venu de tourner une page pour écrire un nouveau chapitre.

— C'est moi qui te dois des excuses. Plus j'y pense, plus je me dis que le hasard n'existe pas et que c'est toi qui avais raison depuis le début. Tu n'as pas connu ma mère, mais je suis persuadée que c'est elle qui t'a mis sur mon chemin. Un chemin sinueux, étroit et parsemé de crevasses que je n'aurais jamais pu traverser sans ton aide. La vérité, c'est que j'ai tout fait pour que tu ne viennes pas chez moi. Tu es tellement précieux à mes yeux que je ne voulais pas qu'il t'arrive quelque chose, à toi aussi. Les gens que j'aime meurent ou traversent des cyclones. Tant que tu restes éloigné, tu es protégé…

Les yeux d'Antoine se mettent à briller.

— Pourquoi ne m'as-tu jamais dit tout cela ?

— Parce que je n'en avais pas conscience. Parce que c'était plus facile de te mettre à l'écart et d'être sur la défensive. Parce que…

Il ne me laisse pas terminer et m'embrasse.

— Il ne m'arrivera rien, Noémie. Plaquons tout et allons ouvrir un refuge pour mouettes blessées ! dit-il, un large sourire aux lèvres.

Je me dégage de son étreinte et le regarde dans les yeux.

— C'est bien beau tout ce que tu me dis, mais on va avoir un problème.

Il se décompose.

— Je n'ai pas arrêté le traitement parce que je n'en avais plus envie.

Antoine fronce les sourcils.

— Quoi ?

— Antoine, je l'ai arrêté parce que je n'en avais plus besoin.

— Je ne comprends pas…

— Je suis enceinte. Tu vas être papa.

Allô ? Antoine, ici la Terre !

Il lui faut un moment pour assimiler ce que je viens de lui dire. Il paraît perdu dans ses pensées et ses émotions.

— C'est pas vrai ? Mais comment…

— Cela fait un peu plus de trois mois, et tout va très bien ! Avec un peu de chance, on devrait savoir le sexe à la prochaine échographie ! Et comment ? Je n'en sais rien, mais je m'en fiche complètement.

Antoine éclate de rire. Un rire nerveux, un rire émouvant, contagieux qui nous laisse à tous les deux échapper une larme. Cela ressemble à ça, alors, le bonheur ?

Nous repartons, main dans la main, rejoindre les filles.

— Vous allez dormir où ? On est déjà hyper serrées à cinq dans le combi !

Antoine passe son bras autour de mon épaule.

— On s'arrêtera chez Décathlon acheter des tentes en allant chercher Philippe et les enfants.

— OK ! Tu sais que cela ne va pas du tout plaire à Steph, cette histoire ?

Nous rions comme des mômes.

— On mettra tout sur le dos de Marion, c'est pas grave.

Tandis que nous arrivons devant le van, Maya et Steph nous dévisagent, incrédules. Marion m'adresse un clin d'œil.

— Au fait, j'y pense ! Et ta pièce ? me fait soudainement Antoine. Iphigénie ne peut pas être enceinte !

— Cela n'a plus aucune importance, je viens de décrocher le rôle de ma vie.

# 30

*Brest.*
*Neuf mois plus tard.*
*Samedi 21 avril 2018.*

— Baptiste, viens ici. Baptiste !

Marion court après son fils, juchée sur des talons de six centimètres. On se prépare à l'impact.

— Philippe, bon sang, aide-moi ! Je vais l'attacher à sa chaise, ce gosse.

Victor, son grand frère, fait tourner son hand-spinner aux oreilles de Maya, assise à ses côtés. Elle prend manifestement sur elle pour ne pas le lui faire avaler.

— Allez, hop ! Toi, tu viens ici, mon bonhomme, fait Philippe en attrapant son fils au vol dans l'allée centrale.

Il le coince entre lui et Marion et lui donne son iPhone avec Pat Patrouille à l'écran afin qu'il reste tranquille. Depuis qu'ils louent la salle annexe du centre équestre comme salle de réception pour les banquets, mariages, etc., Marion et son mari ont renfloué les caisses. Philippe n'a plus besoin de faire le gentil avec la voisine, au péril de son couple – et accessoirement de sa vie – afin de grappiller quelques leçons de natation gratuites qu'il ne pouvait pas payer à son fils. Le revers de la médaille, c'est qu'ils n'ont pas beaucoup de temps libre. S'accorder sur une date afin qu'ils soient là n'a pas été une mince affaire.

Derrière eux, Steph ne cesse de se retourner vers la cousine d'Antoine, qu'elle ne connaît pas, évidemment.

— Tiens ton fils ! Je l'ai vu mater les fesses de ma fille tout à l'heure, je te préviens qu'on ne va pas passer la journée comme ça.

La cousine ne sait plus où se mettre. À côté d'elle, son fils de dix-huit ans vire au rouge pivoine. Quant à Pierre, il tente de disparaître sous son banc tant sa femme lui fait honte.

Elle tape sur l'épaule de sa fille :

— Maya ! Tu arrêtes de te retourner ou je te mets dans la voiture. Et toi, tu me rends ce truc, j'en peux plus, ajoute-t-elle en volant le hand-spinner des mains de Victor.

Antoine me donne un coup de coude pour que j'arrête de rire et regarde derrière nous. À gauche de mes amis, Martine et Claude nous fixent, un sourire béat aux lèvres. À droite, mon père et Évelyne me font des signes de la main.

Dès que je suis rentrée à Paris, j'ai retrouvé le numéro de téléphone de la dame en sueur rencontrée dans le train. De fil en aiguille, nous sommes devenues si proches qu'elle est aujourd'hui la nounou de mon fils. Ah ! Et je n'ai plus jamais mis les pieds à la Compagnie Laval, mais je n'ai pas cessé de travailler pour autant. J'ai repris les rênes de l'association fondée par Charlotte, j'ai délocalisé le siège social à Paris et je m'occupe désormais des petits veinards qui ont réussi à mettre une déculottée au cancer et qui tentent peu à peu de renouer avec le monde du travail. Il y a aussi l'écriture de cette pièce de théâtre pour laquelle Antoine et moi avons mis tout notre cœur et notre énergie, qui est sur le point de se concrétiser.

Mais elle n'est pas que ça, Évelyne. Mon père est venu passer deux semaines à la maison lorsque j'ai accouché, et le moins que l'on puisse dire, c'est que ces deux-là se sont bien entendus.

Dans les bras d'Antoine, notre petit garçon dort profondément, imperturbable. Je pourrais le regarder respirer paisiblement pour le reste de ma vie.

Le prêtre appelle les parrain et marraine à venir faire un signe de croix sur son front. Pierre s'exécute, l'embrasse délicatement et reste à ma droite. Marion en fait de même et m'adresse un grand sourire.

Ne lui dites jamais, mais elle n'était pas mon premier choix. Je voulais que Lisa soit la marraine de mon fils. Elle a pleuré au téléphone lorsque je lui ai demandé, et elle a encore plus pleuré lorsqu'elle s'est rendu compte qu'elle ne pourrait pas être là.

Elle et Action Man sont coincés sur le sol américain. Leur visa a expiré et, s'ils se présentent à la douane, ils seront expulsés sans jamais pouvoir revenir. Ils seront bannis ! Ils travaillent tous les deux au black pour un Français qui tient un bar à New York et Juju, le frère de Lisa, tente de les aider à régulariser la situation.

Lisa est heureuse avec son jeunot. Malgré la différence d'âge, cela a l'air de bien coller entre eux. C'est tout le mal que je lui souhaite.

On a convenu qu'elle serait sa marraine de cœur et que Marion serait l'officielle. Mais c'est un secret !

Le prêtre fait couler l'eau bénite sur le front de mon fils.

— Je te baptise, Charlie, au nom du Père, du Fils et du Saint-Esprit.

Antoine et moi regardons notre bébé avec fierté et émerveillement. Ce petit être est parfait avec ses grands yeux bleus et son nez retroussé. Même si nos nuits sont courtes, je suis comblée. Je ne serai jamais rassasiée de tenir sa main au creux de la mienne. Mon Charlie. Mon enfant.

# Le cri des mouettes

« Pour vous le bonheur est l'Ailleurs.
Pour moi il fut dans chaque main. »

Sylvain DUTHU (Boulevard des airs)

« Je m'appelle Charlotte Le Mansec et je suis sur le point de partir pour mon dernier voyage. C'est étrange comme la vie semble être passée à cent à l'heure lorsque le temps vous est compté. J'ai longtemps pensé que ce moment serait terriblement angoissant, mais je me trompais. Je me sens calme, apaisée. Un rayon de soleil se glisse entre les rideaux tirés de ma chambre d'hôpital et me réchauffe la joue. Je n'avais encore jamais pris le temps de savourer la douce caresse du soleil.

À mes côtés, la lettre que j'ai écrite pour Noémie est pliée sur la table. Je la regarde avant de poser mes yeux vers le petit bout d'horizon que la fenêtre me laisse apercevoir. Il est encore très tôt, et les couloirs sont silencieux. Seules quelques mouettes commencent leur ballet autour du bâtiment. Le cri des mouettes, voilà donc le dernier bruit que j'entendrai. En temps normal, elles m'auraient agacée, mais pas aujourd'hui. Il n'y a rien de plus doux que le vacarme de la vie. Je voudrais les voir mais je n'ai pas la force de me lever, alors je ferme les yeux et les imagine tournoyer au-dessus de moi. Peut-être sont-elles venues me chercher ? »

*« Samedi 25 mars 2017.*
*Ma chère Noémie,*
*Ma deuxième sœur,*

*Je te confie la prunelle de mes yeux, mon téléphone portable. Et tu sais à quel point j'y tiens ! C'est bien moi, ne t'inquiète pas. Même si ce n'est pas ma sublime écriture sur ce courrier mais celle de mon adorable maman à laquelle je dicte ces mots.*

*À l'intérieur de cette petite merveille, tu trouveras une vidéo que j'ai enregistrée pour vous. Tu n'auras qu'à la diffuser en haut de la dune afin que je puisse sabrer le champagne avec vous. En revanche, ne la mets pas sur YouTube, s'il te plaît, tu en trouveras de bien plus sympas en faisant défiler ce qu'il reste de ma vie. Dans "Notes", je te donne les renseignements nécessaires pour l'association. Ma mère a tout chez elle, les papiers, les comptes, etc. J'ai signé les documents afin que les autres membres puissent prendre le relais sans problème. Je te remercie d'avoir proposé de gérer les transferts, ça soulage mes parents qui ont tellement fait pour moi. Quant à Steph, je sais que ce serait trop dur pour elle.*

*Si tu te balades un peu plus loin, tu verras que le téléphone contient aussi quelques pages écrites à votre intention. Trois fois rien, des petites choses que j'avais envie de vous raconter, pour vous sentir toujours auprès de moi. Et que vous me sachiez toujours auprès de vous.*

*Ma Nono, je compte sur toi pour rester du côté des vivants, je compte sur ton sourire pour illuminer celui de ma sœur, je compte sur ton amour pour réchauffer le cœur de ma nièce.*

*J'ai beaucoup lu récemment, beaucoup plus en quelques mois qu'en trente ans et j'ai découvert une phrase que je voulais t'écrire absolument. Oscar Wilde a dit : "Vivre est la chose la plus rare. La plupart des gens se contentent d'exister." Que penser de celle qui ne fait que survivre ?*

*La vie est trop courte, ma Noémie.*

*Merci pour ton aide précieuse.*

*Je t'aime.*

*À un de ces quatre.*

*Charlotte.* »

# Épilogue

— Mesdames et messieurs, je vous prie d'accueillir Noémie Tissandier !

La chair de poule parcourt chaque millimètre de mon corps lorsque le présentateur prononce mon nom et que le public applaudit à tout rompre. C'est un exercice que je ne maîtrise pas encore, si tant est que cela soit possible de gérer ce genre de choses avec calme et sans trac.

J'ai joué des centaines de fois sur les planches, devant un public parfois enjoué, parfois dépité. Mais ça n'avait vraiment, vraiment rien à voir.

À mesure que j'approche du présentateur qui m'adresse un immense sourire, je ne cesse de me remémorer que nous sommes en direct à la télévision. Et que tous mes proches doivent avoir le nez collé à l'écran en ce moment même.

Planqué derrière une caméra géante, mon mari lève un pouce en l'air et m'encourage du regard. Moi, froussarde ? Jamais…

— Noémie, nous sommes ravis de vous accueillir sur le plateau ce soir, me lance le journaliste ultra à la mode que toutes mes copines rêvent de rencontrer.

— C'est un plaisir d'être ici, je vous remercie pour l'invitation, réponds-je, intimidée.

— Pour vous présenter à nos téléspectateurs, Noémie, vous avez une histoire atypique. Vous êtes comédienne de théâtre et vous avez décidé d'écrire et de mettre en scène votre propre pièce qui est depuis le carton de la rentrée au théâtre Rive-Gauche !

Je me sens virer à l'écarlate mais ce n'est pas le moment de faire un malaise.

— C'est exact, dis-je du bout des lèvres.

— Racontez-nous un peu la genèse de ce projet, mais surtout cette ascension fulgurante ! me demande-t-il tandis que les autres chroniqueurs ont les yeux rivés sur moi.

— Tout a commencé avant la naissance de mon fils. J'ai eu une grossesse compliquée et sous étroite surveillance. Les quatre derniers mois, il m'a même fallu m'aliter. Comme je finissais par tourner en rond, j'en ai profité pour mettre des mots sur mon clavier. L'idée de la pièce de théâtre est venue assez naturellement puisque c'est mon univers. Quant au sujet, je n'ai pas eu à chercher bien loin puisqu'il s'agit d'une histoire d'amour. D'amour sous toutes ses formes : l'amitié, le pardon, la résilience. Mon compagnon, qui dirige une troupe, l'a lue et a proposé de la mettre en scène. Et puis, la suite est allée très vite. Nous avons fait nos premières représentations quelques semaines seulement après mon accouchement, dans la petite salle de quartier de mon mari.

— C'est là qu'on vous a contactée pour faire de votre pièce la future tête d'affiche du Rive-Gauche ? m'interrompt une chroniqueuse au sourire bienveillant.

— Exactement, un des responsables était dans la salle un soir. Il nous a ensuite demandé de venir jouer chez lui, avec les moyens que vous imaginez.

— Vous avez accepté immédiatement ? demande le présentateur.

— À votre avis ?

Tout le public rit.

— Votre pièce est à l'affiche depuis le mois de septembre et se joue à guichet fermé. Vous serez en tournée dans toute la France à partir de l'année prochaine et il se murmure qu'une adaptation cinématographique est en cours, c'est vrai ?

Sa question m'embête, il le sait en plus. Nous avons signé avec une société de production, c'est aussi fou qu'exact. Cela me semble tellement improbable que je n'arrive pas à en parler.

— C'est ce qu'il se dit, oui…

Le public applaudit pendant que je me tortille sur mon siège.

— Vous avez une formation de comédienne, alors pourquoi ne pas jouer dans votre pièce ?

— J'ai découvert, sur le tard, que je me cachais derrière les rôles, que j'étais plus à l'aise en jouant la comédie. Aujourd'hui, la mise en scène, et surtout l'écriture sont devenues essentielles à ma vie. En écrivant, on pose ses tripes sur le clavier, on ne triche plus. Une amie chère à mon cœur m'a dit un jour qu'elle comptait sur moi pour rester du côté des vivants. Et aujourd'hui, j'y suis pleinement.

Derrière les caméras, Antoine me regarde avec tendresse. À ses côtés, j'ai l'impression de voir ma mère. Elle s'appuie contre lui, me sourit et incline la tête. Mon regard suit le sien et se pose sur l'affiche où le titre est inscrit en gros caractères. Parce qu'il ne pouvait pas en être autrement. Parce que l'amour est hors du temps, qu'il n'a pas de commencement et n'aura jamais de fin. Parce que je ne pouvais rien écrire d'autre que ce qui me lie à elles : mes « Merveilleuses ».

## REMERCIEMENTS

Les personnes qui me connaissent savent que je n'ai jamais cru une seule seconde au hasard. Chaque jour, à chaque instant de ma vie, des événements ou des rencontres me prouvent que nous avons tous un chemin à suivre.

Ce chemin n'aurait pas été le même si je ne l'avais pas parcouru avec vous, *mes* merveilleuses. On grandit, on se construit, on rit, on s'éloigne, on s'aime, on se dispute, on trinque, on pleure, on fait des enfants, on dit au revoir à nos parents. Main dans la main, même si parfois nos doigts ne se touchent pas. On a traversé des tornades mais on est toujours là. Je serai toujours là…

Amandine, Kimy, Ade, Mario, Julie, merci de faire partie du voyage depuis toutes ces années.

À mes enfants. Mes étoiles filantes qui déposent de si jolies paillettes scintillantes dans ma vie. Merci d'accepter de partager votre maman avec un ordinateur portable.

À celui qui me comprend le mieux au monde. La plus belle des histoires, c'est celle que nous écrivons chaque jour.

À ma famille. Pour son soutien sans faille. J'en profite pour m'excuser d'avoir si souvent l'air ailleurs pendant que vous me parlez. Ce n'est pas que je n'écoute pas, au contraire, c'est que je prends des notes mentalement.

À Noémie. Toi qui as connu ce roman alors qu'il se nommait encore « le cadet », tu sais que j'y ai mis beaucoup de moi. Il est tellement important, le cadet. J'ai peur pour elles. Mais tu m'as aidée bien plus que tu ne l'imagines. Merci pour tes conseils, ta disponibilité et ton sourire. Merci de la part des licornes.

À Anne-Gaëlle Huon. Sans aucun doute ma plus belle rencontre grâce à ce métier. Tu es le soleil et la lune. Tu es la chaleur, la bienveillance et la sincérité. Nous sommes aussi différentes que semblables. Merci d'être entrée dans ma vie.

À Julien Sandrel. Qui a toujours les mots ! Merci pour ton amitié, tes conseils et ton humour.

À Sylvain Duthu. « *El cielo no puede hacer nada* » restera sans aucun doute le point de départ de cette histoire. Merci d'avoir accompagné ce roman par tes mots magiques.

À Alexandrine Duhin. Celle grâce à qui tout cela est possible. Merci pour ta confiance, ton professionnalisme et ta bienveillance. Merci de me pousser à donner le meilleur de moi-même.

À Éléonore Delair, souriante et lumineuse. Merci tout spécialement à Sophie de Closets. Merci aux magiciens des éditions Mazarine et Fayard : Agathe Mathéus, Laurent Bertail, Katy Fenech, Manon Malais, Lily Salter, Carole Saudejaud, entre autres. Merci aux éditions Le Livre de Poche pour leur confiance.

À Cédric Parisot, pour son investissement et sa patience. Merci d'avoir créé ce sublime univers. Merci à Julie, Justine, Dorothée et Rym.

À l'association Hospitalisation à domicile du Lot-et-Garonne. Merci d'avoir si bien pris soin de nous et de toutes les autres familles. Merci d'avoir si gentiment répondu à mes questions. Ces gens-là, ainsi que tous les soignants qui font tout pour que les malades et leurs proches vivent la fin de vie dans le meilleur confort possible, sont des héros de l'ombre. Merci à l'association AIR 47.

À Nicolas Rossignol, président de l'association Tout le monde contre le cancer, pour son travail exceptionnel et son engagement.

À tous les libraires, le lien indispensable entre les lecteurs et nous. Votre soutien me touche tellement. Merci du fond du cœur.

Merci à la « famille » : Juju, Vincent et Sophie. (100 %) (Je vous vois sourire !) Merci à la communauté Bookstagram qui fait vivre nos romans et qui en parle si bien.

Je garde le meilleur pour la fin. Merci à toi, mon lecteur. Il n'y a rien de plus émouvant que nos rencontres.

*Adishatz*,

Laure

*Retrouvez l'auteure*
Par mail : laurerollierauteur@gmail.com
Sur Instagram : laurerollier
Sur son blog : lesecritsdelaure@wordpress.com
Et sur Facebook : facebook.com/
onecoutelajeunefilleaufond

DE LA MÊME AUTEURE

*Hâte-toi de vivre !*, Mazarine, 2018 ; LGF, 2019.

Le Livre de Poche s'engage pour
l'environnement en réduisant
l'empreinte carbone de ses livres.
Celle de cet exemplaire est de :
200 g éq. $CO_2$
Rendez-vous sur
www.livredepoche-durable.fr

PAPIER À BASE DE
FIBRES CERTIFIÉES

Composition réalisée par Belle Page

Achevé d'imprimer en France par
CPI BRODARD & TAUPIN (72200 La Flèche)
en mars 2021
N° d'impression : 3042723
Dépôt légal 1re publication : avril 2021
LIBRAIRIE GÉNÉRALE FRANÇAISE
21, rue du Montparnasse – 75298 Paris Cedex 06

47/0756/6